서맨사 하비
Samantha Harvey

형태
없는
불
안

The Shapeless Unease

서맨사 하비

송예슬 옮김

서해문집

일러두기

* 원서의 저자 주석은 1, 2, 3… 숫자로 표기했으며, 그 외의 주석은 모두 옮긴이 주이다.
* 원서에서 이탤릭체로 강조한 부분은 굵은 고딕 글자로 표기했다.

밤에 깨어 있는 사람들에게.
그리고 내가 깨운 사람들에게, 미안한 마음을 담아

친구	요즘은 무슨 글을 써?

나	글쎄, 에세이라고 해야 하나. 딱히 에세이는 아닌
	데. 전혀 아니야. 그냥 쓰고 있어.

친구	뭐에 관해서?

나	음. 이것저것. 주로 불면에 관해서. 그런데 자꾸 죽
	음이 기어들어 와.

친구	웩.

나	뭐가 웩이야?

친구	병적인 그런 생각 웩.

나	하지만 우리는 전부—

친구	아직 죽지 않았지.

나	죽어가고 있어, 날마다.

친구	날마다 살아가고 있어.

나　　살아간다는 건 우리가—

친구　됐어.

나　　살아간다는 건 우리가—

친구　차라리 새 소설을 쓰지 그래?

나　　사촌이 죽었어. 자기 집에서 혼자. 죽은 지 이틀이
　　　지나서야 발견됐어. 아직 젊은데.

친구　아.

나　　그렇다고 내가— 나는 그냥— 우리가 그렇게 가
　　　까운 사이는 아니었어.

친구　끔찍한 일이네.

나　　땅속 관에 묻혀 있는 그 애가 자꾸 생각나.

친구　생각하지 않으려고 노력해봐.

나　　생각하면, 내면에서 슬픔이 가득 차올라. 사람들
　　　을 하나하나 떠나보내듯 완전한 슬픔에 잠겨. 마
　　　치 사촌의 죽음이 모든 죽음으로 이어지는 입구인
　　　것처럼. 엄마 눈을 파먹는 기생 말벌과 포식성 딱
　　　정벌레를 어떻게 막지? 나는 엄마가 자장자장 재
　　　워주고, 엄마랑 정어리 토스트를 먹고, 함께 로알
　　　드 달의 책을 읽고, 학교까지 함께 걸어가고, 후두
　　　염으로 열이 펄펄 끓을 때는 엄마가 수건으로 몸

을 닦아주던 아인데, 이제는 내장 박테리아가 엄마 몸속 장기를 파먹고 엄마 몸이 썩어가는 상상을 해. 그러면 슬퍼서 숨이 안 쉬어져.
사촌의 죽음이 모든 죽음을 불러들였어.
이 미래의 슬픔 때문에 숨이 안 쉬어져.
친구	[나가고 없음].

∞

밤 열두 시:

침대에 눕는다. 머리를 베개에 눕힌다.

침대 밖으로 나와 미신에 매달리는 마음으로 바닥에 흩어진 옷가지를 둘둘 말아 한쪽으로 치운다. 불면의 밤을 무찌르려고 무수히 수행하는 사소한 루틴 중 하나다. 이 작은 루틴은 미신으로 하는 행동이 도리어 수면 가능성을 낮춘다는 미신에 의해 미신으로 치부되지만, 그래도 끝내 무시할 수 없다. 싫어도 해야 하는 일. 잠드는 일은 자연스러운 행위에서 이탈해 주술의 영역으로 들어간 지 오래다.

다시 침대에 누워 윌리엄 트레버 단편집을 읽는다. 모퉁이에서 손짓하는 무언가처럼 머지않아 졸음이 찾아든

다. 날카롭게 찌르는 통증이 정수리를 울리고 자수바늘이
두피를 깁는다. 등불을 끈 방은 컴컴하다. 어딘지 모르겠
는 곳에서 이상한 삐걱거림이 들린다.

쿵-쿵-쿵 심장이 뛰기 시작한다. 이느새 가빠진 가슴
속에서 빠르게 울리는 타악기. 숨 쉬어. 숨 쉬어. 불이 꺼
지면, 거룩하고 소름 끼치는 모든 것이, 찾아온다. 여기에
그들이 있다.

중세에 쓰인 《아르스 모리엔디Ars moriendi》°를 보면,
임종을 앞둔 사람 곁에 성인聖人과 악마 무리가 북적이
며 그의 영혼을 놓고 다툰다. 악마들은 그를 절망으로 끌
어들이려고 한다. 원숭이를 닮은 악마는 뿔을 달고 있고,
배에 인간 얼굴이 있으며, 손에 단검을 들었다. 개를 닮
은 악마는 사슴뿔 하나를 달고서 심술궂은 미소를 지으
며 손짓으로 유혹한다. 숫양 머리를 단 악마는 어깨 너머
를 힐끔거리고, 매부리코에 사티로스°°를 닮은 괴물은 혀
로 입술을 핥는다. 함께 죽음의 세계로 가자고, 그들은 말

°　　'죽음의 기술'. 흑사병으로 수많은 사람이 죽어나간 15세기 유럽에
　　　널리 보급된 죽음 안내 지침서.
°°　그리스 신화에 나오는, 반인반수의 모습을 한 숲의 정령들.
　　　디오니소스를 따르는 무리로 음욕이 강하다.

한다. 믿음을 버리고 우리와 함께 가자.

똑같은 사람이 그려진 다른 그림에서, 사티로스는 침대 옆에 엎드려 있고, 다른 악마는 겁에 질려 허둥지둥 침대 밑으로 들어가 다리만 보인다. 침대 머리맡에는 막달라 마리아와 성 베드로가 있다. 베드로는 천국으로 가는 열쇠를 들고 있다. 뒤편 십자가에 박힌 예수는 가로대 너머로 고개가 넘어가 있다. 침대 머리맡 나무판에는 베드로를 구원시킨 수탉이 앉아 있다. 예수를 모른다고 부인했던 베드로는 그 수탉이 우는 소리에 정신을 차려 죄를 뉘우쳤다. 우리와 함께 가자고, 수탉과 성 베드로와 그리스도는 말한다. 그대의 회복이 여기 있으니 우리와 함께 천국으로 가자.

나는 눈을 감은 채 졸음을 잡아두려고 노력한다. 잠기운은 심장의 당김음 뒤편에서 여전히 나를 부르고 있다. 질긴 고깃덩어리 심장에 두려움이 흘러넘친다. 50분이 흘러 한 시가 다 되어간다. 보통 잠이 찾아올 거면 지금께 찾아왔어야 한다. 여태껏 오지 않았으면 잠은 물 건너간 것이다. 식은땀이 맺힌다. 먼 평원에서 들려오는 폭풍처럼, 무언가에 뒤덮여 희미하디 희미한 천둥소리처럼, 공황의 첫 낌새를 감지한다. 아직 잘 시간은 있다. 폭풍은 아마 오지 않을 수도 있다.

열쇠를 든 성 베드로가 주위를 맴돌며 말한다. 받아라, 이게 그대를 천국으로 데려다주리라. 내가 손을 뻗는 순간, 악마가 끼어든다. 잠에 대한 욕망은 잠에 대한 부정이기도 하기에. 바랄수록 찾아오지 않는다. 어둠 어딘가에서 누군가 **탐욕**이라는 단어를 속삭인다. **탐욕스럽게도 잠을 바라는구나.** 죽은 예수는 고개가 뒤로 꺾여 천장을 향해 입을 벌리고 있다. 누군가 **가자**고도 속삭이는데, 어느 쪽에서 하는 말인지 알 수 없다. 성인인가, 악마인가? 모르겠다.

믿으라, 소망하라.

믿음을 버리라, 단념하라.

쿵-쿵-쿵 심장이 뛰고 두피가 지끈거린다. 이제 나의 작은 방이 넘쳐나 흐른다. 심장이 더 크게 쿵쾅대고 공기가 휘돈다. 굶주려 볼이 파인 하피°가 발톱을 드러내며 날갯짓하고, 베드로가 베개로 스멀스멀 다가온다.

옆으로 돌아누워 가만히 머리를 부여잡는다. 오래된

° 그리스·로마 신화에 나오는, 여자 형상에 새의 날개와 발을 가진 괴물.

TV 화면을 끈 것처럼 잠기운이 사라져 점이 된다. 그리
고 공백과 암흑. 하품과 함께 펼쳐지는 불면의 밤.

∞

　사촌은 교회에 봉인된 관 속에 누워 우리 곁에 있다. 잘 닦인 피부는 자연스럽게 창백하고, 눈과 입술은 접착제로 봉해졌다. 한때 피가 힘차게 흘렀을 혈관은 방부 처리액으로 굳어가고, 보이지 않는 구멍들까지 죄다 막혔다. 부검을 마친 몸은 봉합 자국투성이다. 뇌는 톱으로 쪼개어졌다가 꿰매졌고, 장기는 제거됐다가 어림잡아 도로 넣어졌는데, 심장은 너무 왼쪽으로 갔고 폐도 다소 치우쳤다. (원래 자리로 돌려 넣기가 워낙 힘들다). 혀와 기도는 사라지고 없다. 머리는 씻기고 빗겨졌다. 셔츠 단추도 꼼꼼히 잠겼다.

　가슴팍에는 마이클 페일린의 책《극에서 극으로》와《히말라야》가 놓였다.

　내 오른쪽에 앉은 이모는 입을 틀어막고 조용히 흐느

긴다. 누군가 자기 가슴을 깔고 앉아 어쩔 수 없이 나오는 그런 소리다.

그 애가, 그러니까 내 사촌은, 안면 기형을 가지고 태어났다. 얼굴에 달린 혹을 떼어내면서 왼쪽 볼에 심한 흉이 남았다. 하지만 그 애를 아는 우리 눈에는 언젠가부터 그 흉이 보이지 않았다. 흉은 시간이 지나면서 서서히 옅어지고 희미해졌다. 사촌은 불운을 타고난 애였다. 기형의 혹 덩어리 다음에는 간질과 발작이 주기적으로, 그리고 심하게 찾아왔다. 하지만 그 애는 불운한 인생을 묵묵히 열정적으로 꾸려갔다. 이 지구에서의 짧은 시간 동안 참 많이도 여행을 다녔다. 대부분 혼자서 먼 곳까지 갔다. 호주의 바이런만灣을 참 좋아했는데, 호주까지 자전거를 가지고 갔다가 도착해서야 그 나라가 자전거로 다니기에 너무 거대하다는 걸 알았다. (어떻게 미처 몰랐을까?)

태국, 인도네시아, 미얀마, 싱가포르, 캐나다, 모잠비크, 러시아, 멕시코, 쿠바, 브라질, 일본 그리고 유럽 대다수 나라들. (사실 내가 지어내는 소리다. 오른쪽에 있는 관을 연신 흘끔대며 **그 애가 저기 죽은 채로 있어**, 하고 생각하느라 추도 연설이 기억나지 않는다). 그 애는 주말 일정을 비우거나 일주일 통으로 휴가를 내어 비행기를 타고 어딘가로 훌쩍 떠나고는 했다. 아니면 몇 시간씩 자전거를 탔다. 한 번은 토요일에 그 애 집과 멀지 않은 라이Rye의 동네 서점에서 사인회를 하게 됐는데, 그 애가 자전거를 타고 나를 보러 오겠다고 했다. 하지만 오지 않았고, 나중에 못 가서 미안하다고 문자를 보내왔다. 우리가 연락을 주고받은 건 그때가 마지막이었다. 이모부는 그 애가 죽은 다음 날 문자로 농담을 보냈다가 답장이 오지 않아 걱정했다. 나는 종종 생각한다. 세상에서 죽은 사람 휴대전화 속 읽히지 않은 농담만큼 슬픈 게 또 있을까. 페이스북에는 아마 그 애가 죽은 날 혼자 자전거를 타고 다녔을 112킬로미터 경로가 표시된 지도가 올라와 있다. 나는 장례식에서 낮은 담장이 둘린 할머니 댁 정원에 있는 어린 그 애를 보았고, 활짝 웃는 그 애를 보았고, 발견됐을 때처럼 얼굴을 아래로 두지 않고 천장을 향해 누워 있는, 죽은 그 애를 보았다. 이식한 피부가 희미하게 쪼그라든 볼은 주방 바닥이나 의자 다리에 몇 번이나 부딪쳤을까.

간질은 언제라도 그 애 목숨을 앗아갈 수 있었다. 아스팔트나 법랑 욕조에 머리를 찧을 수도 있었고, 자전거를 타다 넘어져서, 혀를 잘못 깨물어서, 발작을 일으켜서 영영 의식을 못 찾을 수도 있었다.

그렇게 자주 죽음이 코앞까지 닥치는 삶은 어떤 것일
까? 그 애는 번번이 그걸 비껴갔다.
하지만 딱 한 번 잡히고 말았다. 죽음은 그것만으로 모
든 걸 가져간다.

∞

만성 포스트 브렉시트 불면증(PBI) 추정 사례연구:

43세의 여성 환자는 원래 수면에 문제가 없었다. 쉽게 잠들며, 중간에 깨지 않고 밤에 보통 여덟 시간씩 통잠을 잤다고 한다. 스트레스를 받고 힘든 시기에도 패턴은 변함없이 유지되는 편이었다.

수면 문제는 대로변 집으로 이사를 오고 몇 달 후부터 시작되었다. 환자는 아침 일찍 차들이 다니는 소리에 잠에서 깼다. 그런 문제가 몇 달째 이어지자 수면에 차질이 생겼다. 자가 보고에 의하면 이때까지는 불면증이 아니라 약간의 수면 장애를 겪는 정도였다.

이후 몇 달에 걸쳐 수면 장애는 부침을 겪었다. 2016년 6월부터 유럽연합 국민투표 결과로 인한 분노가 동반되기 시작했고, 초조하게 잠을 설치는 날이 이어졌다. 같은 해 가을, 환자는 이른 아침 교통 소음으로 잠에서 깨는 것은 물론 밤에 잠드는 데 애를 먹었다. 이 시기에 환자는 교통 소음과 무지성으로 전개되는 정치 상황으로 인한 분노와 불만에 시달렸다. 그리고 지나가는 자동차, 대형 트럭, 승합차, 버스와 '말싸움'(환자의 표현을 인용)을 벌이는 지경에 이르렀다. 이런 언쟁이 무의미하다는 것을 알았기에 환자는 참아보려고 여러 방법을 시도했다. (귀마개, 백색소음 장치, 권장량을 살짝 초과한 음주 등). 받아들이기 전략도 취했다. (마음챙김 명상하기, 불교 만트라 외기, 자애 긍정하기 등). 하지만 효과는 제한적이었고, 환자는 다중 추돌사고, 지진, 우주 차원의 해괴한 사건 때문에 도로가 일시적으로나 영구적으로 폐쇄되는 뜻밖의 환상을 꾸었다.

같은 해 10월, 환자의 수면 문제는 스스로 불면증이라 명명하는 단계에 이르렀다. 잠들기도, 잠을 지속하기도 힘들어졌다. 조용한 사찰에도 들어가보았는데, 바람이 창문을 두드리는 소리와 사방의 고요함에 큰 위안을 받았으나 수면은 전혀 개선되지 않았다. 오히려 거기 있으면서 편하고 차분한 활동을 할 때도 가시지 않는 공황을 처음 감지했다.

사찰을 나와 집에 도착했을 때 버스 정류장에서 옆집 이웃을 만난 일을 환자는 기억한다. 이웃은 자기 집 하숙인이 죽었다는 소식을 전했다. 환자는 그 사람을 잘 알지 못했지만, 바로 전주에 집 앞에 쓰레기를 내놓던 그를 본 적이 있었다. 그의 죽음으로 인한 슬픔은 오래가지 않았으나 피부로 느껴졌고 "사람들이 얼마나 순식간에 우리 곁을 떠나는지를 일깨워주었다." 같은 날 오후에 언니가 파트너와 헤어졌다는 소식을 들었다. 환자는 언니와 파트너 그리고 둘이 낳은 세 아이를 생각하며 충격과 슬픔을 느꼈다. 그로부터 며칠 후 사촌의 사망 소식을 접했다. 사촌은 자기 집에서 죽은 지 이틀 만에 발견됐다. 며칠 지나서는 아빠의 파트너가 치매 진단을 받았다고 들었다. 사촌 장례식을 치르고 일주일이나 이주일쯤 지나서는 아빠가 사다리에서 떨어져 다리가 심하게 부러졌고 1년간 걷지 못하게 되었다.[1]

환자의 수면 문제는 이후 몇 주에 걸쳐 심해졌다. 같

[1] 가까운 사람들의 죽음이 아니라 이런 요인들이 불면증을 촉발한 것은 아닐까? 환자가 비교적 최근에 심신증과 과민반응장애(OD) 취약군이었음을 참고.

은 해 12월에 까닭 없이 잠시 불면증이 사라졌으나 1월에 재발했고, 그때부터 꾸준하게 나빠졌다. 보고에 의하면 환자는 밤새 두세 시간만 자는 날이 허다했고, 이마저도 늘 연속으로 자는 건 아니었다. 한숨도 못 자는 밤도 있었다. 그럴 때는 다른 방에 가서 잠을 청해보았으며 서재 책상을 치우고 임시 침실을 만들기도 했다. 그러면 소음으로부터는 해방되었으나 여전히 잠은 오지 않았다. 처방전 없이 살 수 있는 수면 보조제(나이톨, 소미넥스, 도미산 용액, CBD 오일, 마그네슘 파우더, 시계꽃, 홉 열매, 멜라토닌, 5HTP), 처방약(조피클론, 디아제팜, 미르타자핀) 모두 거의 소용이 없었다.

환자는 요법도 다양하게 시도했다. 인지행동치료(CBT) 수면 클리닉에 다녔고, 침을 맞았고, 스트레스를 없애준다는 마음챙김 수업을 들었고, 수면 제한법을 지켰고, 감사 일기를 썼고, 건강보조제를 챙겨 먹었고, 카페인과 설탕을 끊었고, 수면 단계를 모방해 알파파, 베타파, 세타파를 방출하는 수면 장비를 샀다. 취침 시간에 변화를 주고, 깨어 있는 동안 자신에게 집중하며 평온을 지키려고 노력했다. 프랑스어를 배우고, 모자이크화를 만들고, 솔리테어 카드 게임을 하고, 퍼즐을 맞추고, 호흡수를 세고, BBC 라디오의 〈인 아워 타임〉, 테이트 모던 미술관 팟캐스트, 어휘 퍼즐 팟캐스트 〈앨루셔니스트The Allusionist〉, 《잃어버린 시간을 찾아서》 오디오북, 라디오 4의 〈소울 뮤직〉, 온라인 최면 명상, 새소리 모음 CD, 드라마 〈폴다크〉와 〈더 크라운〉 에피소드, 산스크리트 찬트, 〈톱 오브 팝스〉[2]를 찾아 듣기도 했다.

환자는 자기 목표가, 잠이 드는 것에서 공황에 빠지지 않는 것으로 옮겨갔다고 보고한다. 어떤 날 밤에는 일곱 시간 내리 어둠 속에 누워 1000에서부터 숫자를 3씩 줄여가며 셌고, 프랑스어나 독일어로 100에서부터 숫자를 거꾸로 셌다. 산스크리트 찬트를 따라 부르기도 했다. 단어가 아닌 소리를 아는 것에 불과했으나 환자는 그 소리에 평화로운 의미를 부여했고, 그게 마음을 달래주었다.

이렇게 몇 주 몇 달이 지나는 동안 환자가 계속해서 느낀 감정은 분노, 외로움, 절망, 두려움이었다. 땅속 관에 묻힌 사촌의 모습이 두근거림과 공황을 동반하는 이미지로 반복되었다. 죽음이 환자의 생각을 사로잡았고, 죽음으로 가는 길이 두렵고 외로우리라는, '컴컴한 우주 왕복

---

2 〈톱 오브 팝스〉를 악화 요인으로 고려해야 할지?

선의 지옥 같은 돌진'이리라는 염려가 꿈속에서부터 시작되었다. 사촌이 그 길을 가고 있다고 생각하니 심란해졌고, 사랑하는 사람들의 죽음을 예상하기 시작했다.[3] 아울러 환자는 조기 사망으로 이어지는 극희귀 유전병인 치명적 가족성 불면증Fatal Familial Insomnia으로 의심되는 증상들을 보고한다.[4]

밤에 환자는 유년기의 특정한 기억을 재경험했다. 정확히 말해 기억이 아니라 일어나는 사건으로 다시 겪었다. 떠나간 엄마, 죽어가는 반려견, 이런 것들을 회상하는 것이 슬픔과 분노를 일으켰다. 환자는 이런 감정을, 한때 자신에게 국가적 소속감, 자긍심, 정체성을 주었던 가치들을 국민투표 결과로 상실했을 때 느낀 슬픔과 분노에 비유했다.[5]

지난가을 사찰에서 감지했던 공황은 어느덧 밤마다 맹

---

3   Fleming, Feldman et al.을 볼 것, 〈무의미한 죽음 예상 증후군(PMPS)의 확산: 사망 공포와 정신건강 장애에 관한 임상병리학적 연구〉.

4   참고: OD의 새 징후일까? 질병과 죽음에 관해 환자가 느끼는 두려움이 질병과 죽음을 끊임없이 상상해 소환하는 모순된 **의지**로 나타나는 것은 아닌지 고려할 것.

렬하게 환자를 공격했다. 환자는 과호흡과 경련에 시달렸고, 머리를 주먹으로 때리거나 벽에 갖다 박고는 했다. 환자는 이러한 행동을 점점 극심해지는 수면 부족의 여파로 설명한다.

이 시기에 환자의 일과 사회생활은 망가졌다. 환자는 꾸준하거나 일관된 방식으로는 더 이상 일할 수 없었다. 친구들과 거의 만나지 않았고 파트너에게 크게 의존해 생활했다. 일주일에 사나흘은 밤새 한숨도 못 잤고 나머지 날에는 밤에 간간이 눈을 붙였다. 보통은 40시간이나 50시간씩 깨어 있었다. 불면은 혼란, 기억력 저하, 두근거림, 심한 두통, 탈모, 눈 감염, 손 저림 같은 신체 증상으로 나타났다.

환자는 자신이 신경쇠약을 기다렸으며, 그 순간이 찾아오면 반갑게 맞이했을 것이라고 말한다. 자신을 비껴간 문제가 마침내 곪아 터지는 날에 아마 자신은 끝장날 것이라고, 하지만 자유로워질 것이라고 환자는 믿고 있었다. 그러나 자신이 신경쇠약에 걸릴지 무척 회의적이기도

5   Smith, Carroll, Walsh et al., 〈포스트 브렉시트 불면증: 직접
    민주주의가 생체 리듬 기능과 시상에 미치는 영향〉을 참고.

했다. 환자는 자기 성격상 그런 일이 일어날 것 같지 않다고 짐작했다. 스스로 생각하기에 환자는 고통과 괴로움을 무작정 견디고 어떻게든 감당하는 유형에 가까웠다.

이런 기분은 밤에 야성이 한결 짙어지는 것 같다는 사실 때문에 더 확실해졌다. 밤이 되면 환자는 우리에 갇힌 야생동물처럼 서성였고, 누가 들어도 고통에 겨운 소리를 냈으며, 머리카락을 잡아당겼다. 이런 행동은 의식에서 비롯되는 게 아니라 의식 저변 또는 그 너머 야성의 영역에서 비롯되는 것처럼 보였다. 그러다 낮이 되면 비록 지치고 가라앉은 상태이나 비교적 정상적으로—수준은 낮아졌을지언정— 기능했다. 균형 잡히게 사고하는 능력은 여전했고, 분노가 (아예 없지는 않으나) 크게 줄었으며, 머리를 박거나 자신을 또는 남을 해치고픈 욕망을 느끼지 않았다.

밤에 살아났다가 낮에 사라지는 야성이 어디서 오는지 환자는 모르겠다고 말한다. 그것 때문에 두렵지만, 한편으로는 그게 자신을 장악해주기를 바랄 때가 있다고 한다. 환자에게는 강렬한 염원이 있다. 병원에 입원해 약을 달고 살거나 사람을 와르르 무너뜨리는 신경쇠약에 걸려, 사랑하는 사람들이 자기 곁을 지키는 상상이다. 이 장면

속 환자는 자신을 보살피는 사람들에게 둘러싸여 보이지
않을 지경이며 어떠한 자율권도, 욕구나 바람도 가지고
있지 않다. 환자의 존재는 주변의 보살핌이라는 압도적인
힘에 파묻혀 있다.

∞

사촌 폴에게,

장난으로 쓰는 편지가 아니야. 죽고 나서 며칠, 몇 주, 몇 달 후 네게 무슨 일이 일어나는지 구글이 말해준 정보를 전하려고 편지를 써. 운명 때문에 네가 낙심하지 않도록. 네가 답장을 보낼 수만 있다면 참 좋을 텐데.

땅에 묻힌 관 속 시체가 다 썩어 흙이 되려면 반세기는 걸린대. (좋은 소식 아니야? 나는 그렇게 느껴지더라). 불과 며칠 전 네가 자전거를 타러 나갔을 때 의지했던 넙다리뼈는 나무 몸통처럼 멋진 뼈대와 그 뼈가 부드럽게 뿌리 내린 무릎 관절의 소멸에 저항하며 지하에서 분투할 거야. 골수가 활동을 멈추고 뼈가 똑 부러질 것처럼 마르더라도, 그 뼈는 미묘한 곡선을 사수할 거야. 아무것도 그

뼈를 부러뜨리지 않으니, 뼈는 퇴색하는 엑스레이 사진처럼 껌껌한 땅속에 그냥 놓여 있을 거야. 분해되면서. 그래, 분해되겠지. 하지만 거기 여전히 존재해. 네 물적 존재가 50년 동안이나 끈질기게 버티는 거야.

그리고, 네 얼굴. 볼을 뒤덮은 흉터 조직. 윗입술이 깔끔하게 말려 올라가 콧구멍과 이어진 그 작은 부분. 네가 호기심 어린 눈빛으로 갑자기 올려다보면 멋진 일이 일어나. 세월의 흔적이 흐려지면서 어릴 적 네 모습이 나타나거든. 네 얼굴과 그 안에 담긴 인생의 수많은 순간이 무너지고 썩어들어갈 거야. 몇 주가 지나면 시체는 너라고 알아보기 힘들 만큼 부패할 거야.

네가 땅속에 묻히기도 전에 장기는 썩기 시작했을 거야. 네가 발견되기 전 침대에 쓰러져 있을 때부터 아마 바로 그랬을걸. **오토리시스**autolysis, 자가용해라고 한대. 내장 박테리아가 죽은 세포들을 잡아먹기 시작하고 복부에 푸르뎅뎅한 반점이 나타났을 거야. 그러다 위, 가슴, 허벅지, 종아리로 박테리아가 번져—

인생이란 게 참 경이롭지 않니. 내내 그 안에 난폭한 죽음을 품고 있다는 게. 그 박테리아는 네가 죽어서 나타난 게 아니라 줄곧 몸속에 있으면서 언제나 너를 먹고 싶어 했어. 또 세포들은 네 부패를 도울 효소를 늘 자기 안에 갖고 있었어. 생존하려는 네 열정이 그 모든 걸 막은 거야. 네 안에서 그렇게 치열한 전쟁이 벌어지고 있었다는 걸 알았니? 한 번이라도 눈치챈 적 있어?

이제 전쟁은 끝났고, 네 존재를 지우는 과정이 시작돼. 박테리아가 떼로 몸속을 헤집고 다니는데, 너를 잡아먹고 소화하는 과정에서 가스를 배출해. 그러면 너는 밀가루 반죽처럼 부풀어. 죽고 사나흘째부터 냄새가 나기 시작해. 네 몸은 활기차게 움직이는 덩어리야. 메탄, 악취, 부기, 변형, 입을 이탈하는 혀, 콧구멍으로 흘러나오는 체액, 직장 밖으로 나오는 창자, 피어나고, 느리게 폭발하는 것, 생명의 가장 오래되고 효율적이고 존엄한 청소 작업이 분주하게 일어나지.

얼마나 대단한 팀워크인지 몰라. 지칠 줄 모르고 디즈니 캐릭터들처럼 활기가 넘쳐. 영차영차, 그렇지, 그렇지, 한 몸처럼 움직이는 낙천적인 소인 군대, 사라지는 먼지 한 줌, 죽음의 합창, 변신, 비비디-바비디-부, 자-보아라, 푸르게 변한 지 얼마 되지 않아 서서히 검게 변하는 손가락들, 시작됐을 때처럼 느리게 정지하는 폭발, 잦아드는 가스, 붕괴하는 몸, 절정에의 도달, 풀어지는 살가죽, 철수

하는 선발대. 방부 처리를 하지 않았다면 죽고 보름 만에 다음 단계로 넘어가게 돼. 그걸 **흑화 부패**black putrefaction 라고 한대. 멍든 살가죽 곳곳이 크림처럼 뭉개지고 몸 주변에 체액 웅덩이가 고여. 포식성 딱정벌레가 몰려들고, 구더기와 기생 말벌이―

하지만 너는 방부 처리를 했으니까 보름이 지나도 이런 일은 일어나지 않아. 내 사촌인 너에게는, 아직이야. 너는 밤이 영원한 관 속에서 무사해. 네가 사랑했던(다시 만날 수 없는) 모두와 떨어진 채, 머리가 반으로 쪼개어진 채.

내 사촌 폴, 내 사촌 폴.

네가 불가피하게 겪을 흑화 부패에 관해 이 모든 정보를 알려준 웹페이지 맨 밑에 이런 문구가 있더라.

지금 힘들다면, 베터헬프의 온라인 치료를 받으세요.

당신은 소중하니까요!

∞

"수면 사이클을 설명할게요. 수면 사이클에 대해 알고 있나요?"

"잘 몰라요."

"그림을 그려볼게요."

"나는 그냥―"

"불안하죠."

"그리고 화가 나요."

"화는 수면에 도움이 되지 않아요."

"알아요."

"이 동그라미 하나가 수면 사이클이라고 칩시다. 사이클은 총 90분이고, 잠을 푹 자는 사람은 밤마다 사이클을 다섯 개 정도 지냅니다. 여기 이만큼이 1단계 얕은 잠이에요. 다음으로 2단계 중간 잠으로 넘어갑니다. 이해가 가나요? 자, 전체적으로 이 단계가 가장 오래 지속되기 때문에 밤 대부분이 여기 머물러요. 이 수면은 무척 편안해서 몸에 이롭고 활력을 주지요. 하지만 회복력이 가장 탁월한 구간은 아니에요. 회복은 3단계 깊은 잠을 잘 때 가장 잘 일어납니다. 이 구간에 이르면 심박수가 느려지고, 무언가 또는 누군가 개입하지 않는 한 잠에서 깨지 않습니다. 깨우더라도 쉽게 깨울 수가 없지요. 수면 사이클이 처음 한두 번 반복될 때는 이 단계가 30분쯤 지속되는데, 사이클이 반복될수록 짧아져서 이 단계에 머무르는 시간이 줄어듭니다. 지금까지 문제없나요? 이제 렘수면이라고 부르는 4단계가 찾아옵니다. 이 단계에서 우리는 꿈을 꿉니다. 깊은 잠 구간과 정반대라고도 할 수 있어요. 심박수가 빨라지고, 사이클이 반복될수록 이 구간의 지속 시간은 길어집니다. 처음에는 10분 정도인데 마지막 한두 번 사이클에서는 30분 가까이 이어져요. 그러고 나면 다시 1단계로 돌아옵니다. 거의 깨어 있는 수준의 얕은 잠을 자게 됩니다. 이 단계를 지나다가 한밤중에 깨기도 해요. 실제로 우리는 종종 그러지요. 평소 푹 자는 사람에게도 이런 건 자연스럽고 심지어 정상적인 일입니다. 그러고 나면 사이클이 다시 시작됩니다."

“─”

“우리는 당신이 만족스럽고 끊기지 않는 수면 사이클과 좀 더 오래 지속되는 깊은 잠 구간을 경험하기를 바랍니다.”

“문제는 옳지 않은 것과 괴로움이 너무 많다는 거예요. 언니, 아빠, 새엄마, 나는 그 사람들을 돕고 싶어요. 그런데 불면으로 피폐해져서 내 앞가림도 힘드네요. 나는 걱정해요. 모든 걸요. 가족과 불면에 대해서요. 글쓰기도 관뒀어요. 한숨도 못 자고 대학에 가서 학생들을 가르쳐요. 자리에 앉아 말을 내뱉지만, 다음에 뭐가 나올지, 말을 어떻게 맺을지 막막해요. 내 피부가 느껴져요. 너무 당겨요.”

“수면 부족이 정신건강에 영향을 미친다는 거죠?”

“나는 절박해요. 끝이 있기는 한가요. 가족을 위해서라도 끝내고 싶어요. 끝이 있다고 누군가 확실히 말해준다면 어떻게든 감당할 수 있을 텐데.”

“우린 그런 장담은 하지 않아요. 아픈 곳에 반창고만 붙여주려는 게 아니거든요. 당신의 행동과 생각이 달라지도록 도우려는 거예요.”

“내 행동과 생각이 뭐가 문제인지 모르겠는데요.”

“그걸 알아내려고 우리가 여기 있는 거죠.”

“예전에는 올바른 생각이란 게 필요하지 않았어요. 그냥 잠을 잤지, 잠에 관해 딱히 생각하지 않았다고요.”

“다시 잠잘 수 있다고 믿으셔야 해요.”

“언제부터 잠이 믿음의 문제였나요?”

“부정적인 태도를 긍정적으로 바꾸도록 노력하세요.”

“그냥 확신을 얻고 싶어요.”

“우리는 ‘그래요, 그런데’ 패턴에 갇히기 쉬워요. 도움을 제안받을 때마다 ‘그래요, 그런데’라는 반응부터 나오죠. 그로부터 멀어지는 게 우리 목표예요. ‘그래요, 그런데’가 아니라, ‘그래요’라고 받아들이는 정신을 가지자는 거예요.”

“그래요.”

∞

그런데— 사흘 동안 다섯 시간밖에 못 잔 사람이 긍정적인 태도를 가지도록 노력해야 한다는 거다. 노력을.

침대에 누워 몇 시간이고 그 단어를 생각한다. 예스.

Ｙ Ｅ Ｓ를 발음하면?

예스.

Ｅ Ｙ Ｅ Ｓ를 발음하면?

이-예스.

예스예스예스예스예스예스예스예스예스예스.

아이즈아이즈아이즈아이즈아이즈아이즈아이즈아이즈.

예스예스예스예스예스예스예스예스예스예스.

아이즈아이즈아이즈아이즈아이즈아이즈아이즈아이즈.

클로즈유어아이즈클로즈유어아이즈클로즈유어아이즈클로즈유어아이즈.

클로스 유아 예스.

클로스 유 아, 예스.

예스.

예스?

∞

나는 비록 먼지이고 재이지만 천사의 잠을 자고 있다.

내가 마지막으로 발표한 소설의 첫 문장이다. 그 문장을 쓴 사람을 나는 알지 못한다. 그걸 쓴 사람은 아무것도 몰랐다. 그 여자는 무엇 하나도 아는 게 없었다.

나는 비록 먼지이고 재이지만은 그 여자가 지은 말도 아니다. 성 아우구스티누스의 《고백록》에 먼저 쓰인 표현이다. **천사의 잠을 잔다**는 그 여자의 말이지만, 그녀는 천사에 관해 아는 게 없고 (물고기가 물에 관해 모르듯) 당시에는 잠에 관해서도 전혀 몰랐다. 어림짐작할 뿐이었고, 한낱 풋내기일 따름이었다.

하지만 그날 밤 내 잠은 남루했다, 하고 그녀는 썼다. 그러나 그 문장을 쓸 때 그녀는 남루한 수면이 무엇인지 도통 알지 못했다. **남루하다**라는 단어가 형용사이며 잠을 비롯해 여러 것을 수식할 수 있다는 걸 알고는 있었지만, 남루한 수면에 관해서는 아는 게 없었다. 요즘에 그녀는 언어가 얼마나 기만적인지에 경악한다. 단어 하나하나가 권위를 주장하고 신뢰를 갈망한다. 우리는 남의 글을 읽으며 공감할 거리를 찾고 공통의 경험에서 위안을 얻는다. 그러나 말의 이면에 꼭 경험이 있어야 하는 것은 아니다. 말은 사물 없이도 드리워질 수 있는 그림자다.

요즘은 소설 속 누군가가 잠을 못 자서 고생하고 있으면 그 인물 그리고 작가와 연대하고 싶어 마음이 요동친다. 잠에 관해 썼으니 틀림없이 그에 통달하고 있으리라 여기며. 하지만 말은 생각에 달라붙은 글자 모음에 불과하다. 그리고 생각은 이 세상 무엇에도 달라붙어 있을 필요가 없다. 경험이 빈약해도 말은 풍부할 수 있다. 그리고 그 말을 펑펑 쓰고 쓰고 쓰면서 밥벌이를 할 수도 있다.

그날 밤 내 잠은 남루했다. 우리의 사기꾼은 이렇게 썼다. 잘 알지도 못하는 분야에 말을 얹는 작가들을 깎아내리는 말은 많다. 사정을 알 수 없는 사람들의 경험을 가져다 쓰는 작가들은 더한 말을 듣는다. 방글라데시 여자의 경험을 도용하는 백인 남자, 자식 있는 여자의 경험을 훔치는 자식 없는 여자. 하지만 잠을 잘 자는 내가 머릿속으로 불면을 떠올렸을 때는 누구도 내 손에서 펜을 빼앗지 않았다. 소설을 쓰려면 조직적인 사기에 가담해야 한다. 말들의 역외 피난처에서 경험을 세탁한다.

우리의 사기꾼에게는 경험한 것보다 천 개는 더 많은 말이 있었다. 그래서 거짓말할 수밖에 없었다. 아무것도 믿지 말라고 그녀는 말한다. 말이란 유산 같은 것이다. 노력해 얻은 게 아니더라도 써버릴 수 있다.

∞

새벽 한 시:

여기 누워볼까. 그냥 여기 눕는 거야. 뭐 어때? 그냥 여기 눕는 건데. 좋은 것들을 생각하자.

프랑스의 하늘. 어찌나 드넓고 깜깜하며 별이 촘촘한지 우리는 하늘에서 눈을 떼지 못하며 차에서 내렸다. 그렇게 우리 둘은 말없이 입을 헤 벌리고 멈춰 섰다. 우리 위에 구부러진 은하수는 넓고 선명한 활이었다. 수를 헤아릴 수 없는 별들이 반짝였다.

프랑스의 일몰. 맹렬하게 붉은 지평선과 그 위로 안개 자욱한 달은 불구덩이에서 내뱉어진 나방 같다. 금성, 화성, 목성, 토성이 한꺼번에 보인다. 중세 저택의 폐허가 된 탑에서 박쥐 떼가 쏟아져나와 우리 머리 위를 휩쓸고는 다시 우르르 돌아간다. 희미해지는 귀뚜라미 소리. 발코니 난간에 걸린 내 수영복은 두 달간 수영하며 염소에 절여지고 너무 자주 갈아입어 늘어나 있다.

수영에 관해 생각한다. 나에게는 오만에서 가져온 소라고둥 껍데기가 있다. 매끈하고 하얀 소라고둥은 손바닥에 딱 좋게 들어온다. 나는 밤에 쥐고 있으려고 그걸 챙겨왔다. 쥐고 있다가 이따금 풀고 기다리면 촉감이 다시 시원해진다. 수영장 라인을 따라 왕복으로 헤엄치는 상상을 한다. 몸 뒤로 물거품이 일고 두 손은 나이를 잊은 채 환히 빛난다. 좋은 점들을 세어본다. 여기 누워서 일몰과 수영과 행성들과 별들을 생각하고 있으니 무서울 게 뭐 있어? 쿵쾅거리는 심장을 다독여본다.

'야행성 용서'라는 게 있다. 밤에만 모든 잘못과 자책 또는 원망을 놓아버리는 습성을 말한다. 그런 감정들을 방 밖에 두고 온다. 나는 하나하나 생각나는 모든 것을 용서한다. 과속해 지나가는 자동차들, 모이통을 털어가는 갈까마귀들, 나를 괴롭히는 우주 그리고 나. 문득 아홉 살 적에 내 머리를 땋아주던 아빠가 떠오른다. 엄마가 떠나고 몇 주 후의 일이었다. 커다랗고 투박한, 건설 노동자의 흉터투성이 손으로, 아빠는 내 머리를 땋아주었다.

한 시가 절반 넘게 흐르고, 이제 두 시까지 15분 남았다. 지금 나는 나뭇가지에서 레스토랑 바닥으로 떨어진 자두를 주우려 하고 있다. 검붉은 자두는 무르익을 대로 익어 몇 알은 짓이겨졌다. 동시에 이건 꿈이 틀림없으며 그렇다면 내가 반쯤 잠든 것이라는 생각에 미치고, 그러자 잠들었다! 하는 승리감이 반짝 스치며 잠에서 깬다.

밤에는 시계를 확인하지 않지만, 하도 뜬눈으로 지새우다 보니 보통 10분에서 20분까지는 몸이 시간을 인지한다. 흐르는 시간과 생각의 질감도 알 수 있다. 밤이 그것들에 찰과상을 입히기 때문이다. 이제 그것들은 마모의 징후를 보이기 시작한다. 은근한 설득은 좌절로 변한다. 용서는 웃음거리가 되고, 분명히 방 밖에 있어야 할 용서받은 모든 것들이 나에게 더 받아내고 싶은 게 있는지 못내 아쉬워하며 침대 주위를 맴돈다.

자두 꿈으로 돌아가고 싶어. 눈을 부릅떴다가 꾹 감아본다. 그렇게라도 해서 눈꺼풀이 무거워지기를 바라며. 자두 꿈을 꿨다는 건 적어도 잠들었다는 소리다. 다행이다. 하지만 그 시간이 5, 6분 남짓이었다는 건 다행이 아니다. 세상에 6분만 자고 사는 사람이 어디 있어? 사람이 어떻게 그래?

쥐고 있던 소라고둥을 떨군다. 좌절과 분노. 하지만 화를 내보았자 부질없다. 금성과 은하수와 모든 공간을, 세상의 모든 공간과 우주와 우리 몸과 마음을 생각한다. 모든 것은 공간으로 이뤄져 있다. 형태보다는 공간에 더 가깝다. 생각해보면 정말 그렇다. 당신도 신체보다 공간에 더 가깝다. 밤에 올려다보는 하늘을 생각해보라. 당신은 별들을 보지만, 정확히 말해 별들 사이에 어마어마한 공허를 본다. 그리고 공허가 유有의 조건임을 깨닫는다. 자기 공간을 주장하는 모든 사물은 얼마나 탐욕적인가.

웃어본다. 활짝 웃으면 두뇌가 다 괜찮다는 신호로 받아들여 행복을 가져다준다. 여기 누워서 웃는다. 금성, 은하수, 달, 박쥐, 수영장, 깊이를 헤아릴 수 없는 인생 기억 저장고, 침대의 온기. 웃는다. 어둠 속에 드러나는 터무니없이 작은 치열.

힘을 내요, 끈질기고 가상한 무언가가 말을 건넨다. 아직 잠들 확률은 10퍼센트 남았답니다. 지금 잠들면 적어도 대여섯 시간은 잘 수 있어요. 그 정도면 충분하죠. 푹 자고도 남을 시간.

얼마 지나자 추정치가 내려간다. 6퍼센트, 잘해봤자 7퍼센트. 하지만 그건 과거의 경험을 기준으로 한 것이다. 확률은 그렇게 작동하지 않는다. 주사위를 던질 때마다 확률은 동등하다. 한 번 던져 숫자 4가 나왔다고 해서 또 던졌을 때 4가 나올 확률이 줄어들진 않는다. 백 번 연속으로 던졌을 때도 마찬가지다. 매일 밤은 새로운 밤, 매번 새로운 주사위 던지기다.

어둠 속에서 다시 더듬거려 소라고둥을 집는다. 입으로 소라고둥을 불면 고운 소리가 나와 나쁜 기운을 쫓아내준다던데. 엄지손가락으로 구멍을 찾아 입에 가져다 댄다. 아무 소리도 나오지 않는다. 오랜 세월 바다와 떨어져 내 침대 머리맡에만 갇혀 있었으니 남아 있는 게 이상한 짠 내만 입가에 감돈다.

엎드려 눕는다. 이제껏 이렇게 잠든 적이 없었으니 어쩌면 이게 잠드는 자세인지도 모른다. 영문을 알아차리기도 전에 스르르 잠이 찾아올 수도 있다. 쿵쿵 울리는 심장을 지그시 눌러 분당 40회만 뛰도록 만들 수도 있다. 이렇게 30분을 누워 기다린다. 혹시 밤이 나를 못 보고 지나친 건가. 정말 그럴지도 모른다. 금성, 은하수, 자두나무, 매트리스, 박쥐, 물속에서 환히 빛나는 내 손, 찌릿한 목, 획 덤벼드는 잠, 그리고 그렇게 획 깨어난다.

두 시가 훌쩍 넘었다. 화물열차가 지나간다.

∞

사촌 장례식이 있던 날 밤, 나는 곧 영업이 끝나는 휴게소 카페에 있다. 그곳에는 경건한 침묵이 흐른다. 청소기가 윙 돌아가고 쟁반 위 금속 주걱이 달그락거린다. 검은 유리 벽 옆에 내가 있고, 검은 유리 벽 안에도 내가, 유리에 반사된 내가 있다.

반사된 나는 반사된 입속으로 마카로니 치즈를 집어넣는다. 몸과 마카로니 치즈와 입 가운데 실재하는 건 없다.

반사된 몸이 물질 없는 암흑 속에 아득하게 떠 있다. 나는 너무 허기가 져서 무시한다. 고속도로변에 이렇게 단단하면서 버터 풍미가 밴 당근이 존재할 줄 누가 알았겠어? 그런데 왜 이렇게 오래 걸렸지? 인류는 토성 고리로 탐사선을 보냈고, 우주 대폭발 직후의 환경을 재현하려고 입자를 초속 2억 9980만 미터로 가속시키는 기계를 지하에 제작했다. 그런데 2018년이 되어서야 잘 익은 당근이 휴게소에 들어왔다고?

깊이를 결여한 반사 세계 속 멀리 어딘가에 떠 있는 나의 유령은 절대 허기가 지지 않고 배가 부르지 않으며 몇 주째 잠을 못 자서 고생하지 않는다. 지금 내가 나를 위해 하루 중 30분을 빼내어 중간 세계에 와 있다는 것도 알지 못한다. 할아버지 할머니 댁 정원에서 함께 뛰놀았던 사촌이 땅에 묻혀 있고 나는 마카로니 치즈를 먹고 있어, 하고 생각하면 들이닥치는 이 흐리멍덩한 슬픔을, 이 공포를, 유령은 알 리 없다.

하지만 지금 나는 따뜻하고 평온하다. 집구석에는 들어가고 싶지 않다. 이제 집은 더 이상 내가 잠들 수 없는 공간이다. 돌아가고 싶지 않다. 돌아가면 죽은 사촌이 있다. 여기 머물고 싶다. 여기 넓고 조용한 카페에 커다란 검은 창가 옆 플라스틱 의자야말로 내가 늘 찾던 공간처럼 느껴진다.

하루가 거의 다 끝났다. 저쪽에서 손님 두어 명이 남은 음식을 마저 먹고 있고, 직원 하나가 바닥을 청소한다. 은퇴한 나이쯤 되어 보이는 커플이 한 쌍 있고, 한 여자는 세퍼드 파이와 라자냐 쟁반들을 통에서 꺼내는 중이

다. 당신들 다 죽을 거야, 속으로 생각하니 동정심이 솟구
친다. 목이 메어 음식이 넘어가지 않는다. 지금 포크로 셰
퍼드 파이를 먹고 있는 당신, 당신도 나도 전부 죽을 거예
요. 내가 할 수 있는 말은 이뿐이에요.

삶의 한가운데서 우리는 죽어간다.
휴게소 한가운데서 우리는 죽어간다.
휴게소 한가운데서 우리는 살아간다.
죽음의 한가운데서 우리는 휴게소에 와 있다.

죽음의 한가운데서 우리는 존재한다. 우리는 존재한
다. 우리가 **존재한다**.

∞

몇 가지 덧붙일 말:

비일비재한 일이지만 내가 못 잤다는 건 한숨도 못 잤다는 소리다. 그러니까 요즘은 수면 부족이 아니라 미수면 상태로 살고 있다. 물론 수면 부족도 맞지만, 수면 부족인 밤은 그나마 괜찮은 편이다. 어쨌든 자기는 했으니까.

잠을 못 잘 때는 피곤하다기보다 얻어맞은 느낌이다. 밤새 뜬눈으로 지내다 아침이 되면 연해진 눈이 따끔해 제대로 뜨고 있기도 힘들다. 삭신이 쑤신다. 입속에는 맛이라고 할 수 없고 감정이라고만 할 수 있는 무언가가 감돈다. 그 감정의 이름은 패배감이다. 머리는 어느 한 곳 빠짐없이 고르게 아프다. 통증이 정수리에 오래된 흉터를 타고 오른다. 나는 의심의 눈초리로 세상을 바라본다. 세상의 모든 게 적개심과 혐오심을 품고서 나와 거리를 두는 것 같다. 내 행복을 바라지 않는 힘이 작동하고 있고, 거기에는 사적인 이유가 있는 듯하다.

나는 밤이 되면 자러 들어가 호되게 얻어맞고는 아침에 내려온다. 그리고 아무 이상이 없고 얻어맞은 적 없는 것처럼 하루를 시작한다. 사람들도 나를 얻어맞지 않은 사람인 양 대한다. 그렇게 나는 살아남지만, 그뿐이다. 누군가의 파멸을 원한다면 이렇게 잠을 빼앗아가 일을 꾸미면 된다. 당연하게도, 확실히 검증된 방법이다.

한 번은 프랑스에서 친구들 집에 머물 때인데, 아침 느지막하게 침실 밖으로 나온다. 얼굴이 멍든 것 같기도 하고, 내 몰골에 경악한 친구들이 자신들의 아이가 못 보게 나를 감출 것 같다. 그러나 정작 친구는 나를 이루 말할 수 없이 측은하게 바라보며 말한다. **쪼그만 밤을 보낸 거야?**Une petite nuit? 나는 대답한다. **응, 또 쪼그만 밤이야**Oui, une petite nuit, encore. 이 표현에 한해 프랑스어는 순 엉터리다. 뜬눈으로 지새우는 밤은 세상에서 가장 길고 크고 휑한 시간이다. 밤은 끝없이 펼쳐지고 온 시대가 왔다가 가지만, 아침으로 가는 여정에는 단 한 명의 인간도 발견되지 않는다.

잠을 못 잘 때 나는 과거의 타래를 풀어헤치면서 내가 어디서 잘못되었는가를 찾아내느라 밤을 지새운다. 어린 시절부터 샅샅이 뒤진다. 그때부터 불면증이 시작되었을까. 나를 수면자에서 미수면자로 바꿔놓은 생각, 사물, 사건이 도대체 뭘까. 그로부터 벗어나게 해줄 열쇠를 찾아 헤맨다. 논리적 문제 덩어리인 내 인생의 해법을 찾는다. 나는 머릿속 무대를 빙빙 돌지만, 그 둘레는 점점 쪼그라든다. 빙원과 물을 가짜로 그려놓은, 흰색과 파란색 플라스틱으로 만든 구질구질한 우리 속을 돌고 또 도는 북극곰처럼. 새벽 세 시, 네 시가 된다. 늘 새벽 세 시고 네 시다. 나는 돌고 돌아 제자리다.

잠을 못 잘 때 세상은 지독히도 위험해진다. 음식이나 물이 끊기면 사람은 위협을 느끼기 마련이다. 목숨을 앗아갈 만큼은 아니지만 쇠진해질 만큼 자주 끊기게 되면, 실제로는 결핍으로 위협을 느끼는 것에 불과할지라도, 이럴 거 뭣 하러 사나 싶어진다. 동물로서 기본 욕구가 채워지지 않을 때 생기는 공포라는 게 있다. 처음에는 죽음을 두려워하지만 이내 그보다 더한 일이 벌어진다. 삶을 두려워하게 된다. 이런 식으로는 더 이상 살고 싶어지지 않는다. 잠을 못 자고, 못 자고, 계속 못 자다 보면, 삶을 원치 않게 된다. 그렇다고 삶을 끊을 추진력도(용기? 노하우?) 내 안에는 없다. 그렇게 나는 견딜 수 없는 삶을 견뎌야만 한다. 교착상태에 빠져버린다.

잠을 못 잘 때는 몇 시간이고 웬 짐승을 따돌리듯 두근대는 가슴을 안고 누워 있다. 몸속에 아드레날린이 쌓이면 벌떡 일어나 뭐든 친다. 벽과 내 머리를 치고, 벽에다 머리를 갖다 박는다. 울부짖기도, 비명을 지르기도 할 것이다. 나를 추월한 의젓하고 더 나은 나를 뒤쫓기라도 하듯 연신 서성인다.

잠을 자던 시절에는 이런 것을 전혀 이해하지 못했다. 극복할 수 없는 것을 무엇으로 극복할 수 있는지 도통 몰랐다는 소리다. 밤이 되면 나는 늑대 떼에 던져진다. 나는 늑대처럼 울부짖어야만 살아남는다. 나 같은 사람이 한둘이 아닐 것이다. 이제 나는 사람들 눈빛에서 많은 걸 읽을 줄 안다. 자전거 고정대 옆에 있는 노숙자를 생각해볼까. 날마다 빛바랜 검은 옷을 입고 소형 짐 카트 위에서 몸을 웅크리고 있는 사람. 어디로 보아도 쓰레기봉투처럼 보이는 사람. 그는 자신을 압도한 잉여와 폐기의 감각을 의인화한 모습으로 있다. 무심한 세상의 책략에 떠밀려 버려졌다면 쓰레기봉투인 척을 합시다. 늑대 떼에 공격당하고 있다면 늘대인 척을 합시다. 등잔 밑이 어두운 법이니까.

가끔은 노숙자가 청하지도 않는데 먼저 돈을 건넨다. 그는 발치에 놓인 컵에 동전이 떨어지는 모습을 심드렁하게 본다. 어떤 날에는 50펜스가 내 손을 떠나가는 순간 노숙자의 텅 빈 눈빛 때문에 차마 그 사람을 쳐다볼 수 없다. 그 눈빛이 꼭 돈에 의존해 살아가던 시절이 오래전 끝났음을 말하는 것 같다. 그는 독자獨自로 존재한다. 무엇에라도 도움을 받던 시절은 오래전 끝났다. 그는 돈을 벌려고 거기 앉아 있는 게 아니다. 인간은 반드시 어딘가에 있어야 하는데 그는 어디에도 있을 수 없어서 거기 앉아 있는 것이다. 가끔은 나도 삶이 너무 피곤하고 언짢아서 노숙자에게 돈을 건네지 않고, 쳐다보고 싶지도 않고, 그냥 그 사람이 사라졌으면, 서둘러 죽어버렸으면 싶은 날도 있다. 내 안의 늘대가 굳이 생존해 있는 그를 공격하고 싶어 한다. 왜 이런 꼴로 살아 있지? 왜 그냥 포기하지를 못하는 건데. 왜 그냥 포기를 못 해?

∞

갱년기인가 보다, 내 친구는 말한다.

벌써 그럴 수가 있나?

여자들이 갱년기에 접어들면 잠을 잘 못 잔다더라.

갱년기인지 어떻게 알아?

친구는 의사에게 가보라고 한다. 병원에 간 나는 헐겁게 깍지 낀 손을 허벅지 사이에 두고 다리를 꼬고 앉아 어린애처럼 있다. 의사 앞에 앉기만 하면 늘 어린애가 된 기분이다. 이번에는 그런 느낌이 유독 머쓱하다. 갱년기인지를 확인하러 왔기 때문이다. 갱년기라는 단어는 내뱉기조차 부끄럽고 민망하다. 그 자체로 내가 꾸역꾸역 들어가려고 하는 자매들과 엄마들의 무리를 지목하는 것만 같다.

의사는 터놓고 묻는다. 갱년기 증상이 있으신가요? 열

감이 느껴지거나 밤에 식은땀이 나나요, 월경은 아직 꾸준한가요?

의사는 불안해서 잠을 못 자는 거라며 내가 작성한 표에서 불안 수치에 주목한다.

갑자기 내 몸이 수치스럽게 느껴진다. 너무 늙었고 어리다는 감각이 동시에 밀려온다. 이렇게 겁을 내며 권위에 복종하고 앉아 있기에는 너무 늙었고, 갱년기가 문제의 원인이라고 넘겨짚기에는 너무 어린 몸. 내 문제는 그냥 내 문제인 거다. 그걸 인생의 한 단계, 여자면 누구나 거치는 의식으로 그럴싸하게 포장하지 말아야 한다. 내 앞의 여자 의사도 분명 갱년기를 겪었을 것이다. 짐작하건대 회복력을 발휘하며 단 하루도 결근하지 않고 이겨냈으리라. 지금 의사는 내 자세를 따라하듯 나처럼 허벅지 사이에 손을 두고 몸을 살짝 내밀고 있다. 다른 점이 있다면, 의사는 애를 혼내는 어머니 같다는 거다. 앞으로 내민 몸이 **자, 헛소리는 그만하렴**이라고 말하고 있다. 몸 내밀기는 지배권이 누구에게 있는지 알려줄 만큼만 타인의 영역에 은근히 침투하는 원초적인 방법이다. 필요 이상으로 공격적이라고 느껴지는 건 이미 내 자세가 지배권이 누구에게 있는지 잘 보여주기 때문이다. 물론 그게 의사의 자세를 공격적으로 만든 이유이기도 하다. 내 소심함이 기어코 싸움을 걸게 만들었다. 나는 허리를 곧게 펴고 두 손을 허벅지 사이가 아니라 그 위에 가볍게 올려놓는다. 하지만 여전히 깍지를 풀지 않는다. 나도 손을 풀고 싶지만 그렇게 되지는 않을 것이다.

검사를 받아보고 싶다는 내 말에 의사는 큰 의미가 없다고 말한다. 검사 결과가 대단한 걸 보여주지 않는다고. 호르몬은 너무 유동적인 데다 여러 변수에 영향받으므로 검사해봤자 별 소용이 없다고. 검사는 생물이 활동하는 순간을 포착하는 스냅사진일 뿐 상태를 가늠해주지 않는다고.

그러면 내 수면 문제가 호르몬 때문인지 알 방법이 없는 거냐고 묻자, 의사는 알게 되더라도 할 수 있는 게 없으니 도움이 되지 않는다고 한다. 갱년기는 (잠깐 멈추더니) 어차피 겪어야 하는 일이라는 거다.

의사의 단어 선택이 둘 사이에 어색하게 맴돈다. 견디거나 감내하거나 감당하는 게 아니라, 원치 않는 경험이 찾아온 것처럼 그냥 겪어야 하는 일. 내가 병원에 온 건 고통스러워서가 아니다. 구체적으로 어떤 고통을 덜어내고 싶어서가 아니라, 내가 겪고 있는 경험을 의사가 멈춰

줬으면 해서 찾아온 것이다. 의사가 고른 단어에는 또 한 번, 어린아이를 대하는 꾸짖음이 녹아들어 있다. 너는 세상이 단순하고 공정하기를, 아무 어려움도 없기를 바라지만, 세상은 그렇지 않단다. 그러니 내가 너를 네 인생에 면역이 되게 해줄 수 없다는 사실을 하루빨리 깨닫고 철이 들면 좋겠구나.

이런 말은 확실히 남자보다 여자가 많이 듣는다. 좀 참는 법을 배울 필요가 있다는, 이런 메시지 말이다. 어디서 읽었는데, 훨씬 높은 확률로 남자보다 여자가 증상이 스트레스 때문이라는 말을 의사에게 듣는다고 한다. 반면 남자의 증상은 자주 연구되고 언급될 것이다. 스트레스라는 말에는 여자들이 피할 수 있는 경험을 구태여 복잡하게 꼬고 키운다는 뜻이 내포되어 있다. 호흡에 신경 쓰고, 매사에 감사하고, 삶의 불가피함에 유난스럽게 놀라지 않기만 하면 되는 것을. 이를테면 월경 전 분노, 임신으로 인한 골반저근 약화, 출산 시 배변 조절 불능, 갱년기의 수면 부족, 삶 구석구석에 영향을 미치는 다양하고도 묘하게 편재하는 불평등과 부당함의 경험, 딸 역할에 충실하다 못해 자아 감각이 흐려져 사실상 자기를 방기하고, 아무렇게나 쌓인 의무와 책임과 실패의 집합이 자아를 대신하게 되는 것, 그러다 엄마 역할을 맡게 되고 그에 따라오는 힘으로 잠시나마 이전 역할을 물리치지만 이번에는 아이 인생에 극적이고 불가역적으로 둘러싸여서 짐을 갑절로 짊어지는 것, 사회가 기대할 뿐 아니라 숭배하는 자아의 말살에도, 호들갑 떨지 말아야 한다.

의사는 더 말할 게 있느냐고 묻는다. 이렇게 말하는 의사는 몸을 좀 더 내밀어 지금 나누는 대화에서 우리 의견이 꼭 일치한다는 투로 미소 짓는다. 그러니 대화를 종결하자는 미소다.

나는 문제의 원인이 갱년기 때문이라면 적어도 다른 원인을 찾아 헤맬 일은 없을 것 같다고 말한다. 그러나 정말 하고픈 말은 이것이다. 그렇게 된다면, 내 본성의 단서가 될 감정의 유물을 찾아 내 존재를 파고드느라 돈과 시간을 더 허비하지 않아도 될 것이라고, 그리고 그 발굴이 비록 고통스럽고 침습적이더라도 끝내는 내 모든 두려움과 신경증이 깔린 밑바닥에 이를 것이고, (아직은 이해할 수 없지만 바라건대 언젠가 이해하게 될 방식으로) 그 땅을 깨부숴 비대하고 괴로운 자아의 탑을 무너뜨리고 싶다고, 그렇게 해서 내 약점과 결점과 공포 그리고 어디에도 도움이 되지 않는 성향과 불면증까지 날려버렸으면 좋겠다고. 이런 말은 의사에게 털어놓지 않는다. 지금 내 안에 무너지고픈 무언가가 있다고 느낄 따름이다. 그 무언가는 어른으로서 힘을 발휘하도록 요구받지만 그러지 못한다. 나는 그저 무력하게 공포에 질린 어린 시절로 기이하게 회귀한다. 어쩌면 바로 그게 내가 파내려고 하는 유물이 아닐까 싶다. 어쩌면 그게 내 불면의 이유 아닐까?

상담은 고려해봤나요? 의사는 묻는다.

나는 상담사는 이미 만나고 있다고 대답한다.

좋다고 생각하나요?

어떤 면에서 좋다는 건지 묻고 싶다. 건강상 좋다는 건가, 아니면 효용이나 도덕적 올바름의 관점에서인가, 마음이 병들어서 국민보건서비스(NHS)에 부담을 더하는 인간이 유일하게 할 수 있는 도덕적으로 올바른 행동의 관점에서? 어느 쪽이든 좋다고 말해야 한다는 것을 안다. 의사는 내가 그렇게 대답해 무심결에 수면 문제의 원인이 몸이 아니라 마음에 있다고 시인하기를 바라고 있다. 그래야 자기 책임이 아니라 내 책임이 되니까.

네, 나는 대답한다.

좋네요. 앞으로도 계속 받을 건가요?

의사는 생각한다. 왜 허구한 날 앉아서 자기 행복을 책임지려 하지 않는 환자들의 하소연을 듣고 있어야 할까? 왜 이렇게 다들 검사와 진단과 약을 바라는 걸까? 환자들은 의사가 요술봉을 흔들어주기를 바란다. 문제는 의사에게 요술봉이 없기도 하거니와 의학의 마법은 과거에도 지금도 존재한 적 없다는 사실이다. 기적으로 병이 낫는 시절은 지나지 않았나. 적어도 그런 걸 믿는 시절은 지났다. 이제 의사는 고민 상담가이자 약을 파는 사람 그 이상도 이하도 아니다. 그녀도 본 질병을 진단하고 치료하기보다 자신이 처방한 약물의 부작용 때문에 생긴 병을 치료하는 데 일하는 시간의 절반을 쓰고 있다. 그녀는 부작용을 치료하는 의사가 됐다. 부작용을 치료하느라 더 많은 약을 처방하고, 그 약이 더 많은 부작용을 만들어낸다.

어떤 건 어쩔 수 없는 문제다. 인간의 몸은 흙으로 돌아갈 운명이고, 약은 본래 불완전하니까. 하지만 꼭 이런 사람들이 있다. 약이 필요한 상황에 이를 때까지 기어코 자신을 방치한 사람들. 문제를 막을 수 있었으면서, 이제와 의사인 그녀에게 자신이 안 한 행동을 보상해주기를 바라는 사람들. 시리아 사람들은 폭탄이 떨어지는 데서도 잠을 청하는데, 왜 당신은 폭탄 하나 없는 하늘 아래 킹사이즈 매트리스에 누워 겨울 이불을 덮고 켈프 향이 나는 머리를 가짜 거위털 베개에 눕히고서도 잠을 못 자요? 무슨 콩알만 한 불편이 잠을 방해하나요, 공주님? 밖에 지나가는 아우디 차? 무슨 결핍과 예민함을 안고 있기에, 시간과 장소를 초월해 모든 동물에게 타고난 유산인 잠을 위해 약에 의존해야 하나요? 하지만 그녀는 결국 약을 처방해주어야 한다. 그게 환자들이 원하는 것이니까. 약을 들고 다니는 사람들에게서는 달가닥 소리가 난다. 걸을 때 그런 소리가 난다. 어쩌면 그들은 아픈 사람이 누릴 수 있는 애처로운 특권에 익숙해진 나머지 병이 낫지 않기를 바라는지도 모른다. 그들은 자신이 얼마나 대단하고 특별하게 아픈가를 의사가 인정해주기를, 동시에 과한 고통에 시달리다 죽는 일은 없을 것이라고 안심시켜주기를 바란다.

나는 의사에게 상담은 계속 받을 예정이며, 매일 명상하고 취침 시간에 휴식 기법을 더 많이 시도해볼 생각이라고 대꾸했다. 의사는 줄곧 컴퓨터 화면을 쳐다보다가 나에게로 시선을 돌리며 고개를 기울인다.

최악으로 치닫지는 말아요, 의사가 부드럽게 말한다.

최악으로 치닫지는 말아야죠, 나도 말한다.

이제 나는 내가 어린아이 같다고 느끼는지, 아니면 지

방법원 치안판사 앞에 서서 앞으로는 달라지겠다고, 선량한 시민이 되어 더는 사회에 민폐가 되지 않겠노라고 약속하는 사람 같다고 느끼는지 헷갈리기 시작한다. 어린아이가 온순하면서 무결하다면, 법정에 선 사람은 온순하되 무결하지 않다. 나는 내가 어느 쪽인지 가늠할 수 없다.

의사는 조용히 흡족해하는 기색이다. 나는 이미 매일 하고 있는 상담과 명상과 휴식 기법이 수면에 도움이 되지 않으며 실패감만 키울 뿐이라고 말하고 싶다. 이제 나는 잠드는 데 실패할 뿐 아니라 명상과 휴식과 상담에도 실패하고 있다. 나는 높은 내리닫이창 바깥으로 공원과 강과 철도와 운하 그리고 그 너머 언덕들을 본다. 저 언덕에는 조지 왕조 시대에 지어진 큰 건물이 있는데 한때 내가 살았던 곳이다. 그곳에 살았던 나를 생각하는 건 라이프스타일 잡지에 실린 어느 인물의 기사를 읽는 것 같다. 그 인물을 아마도 나는 우러러보아야 할 것 같다.

나는 그녀를 우러러본다. 하지만 그건 그녀가 젊어서이지, 딱히 무언가를 성취해서는 아니다. 생각해보니 내가 했던 행동 중 무엇도 성취라 할 만한 것은 없다. 그런 건 내 행동과 무관하게 그냥 나라는 사람을 이룬 조건들의 결과일 뿐이었다. 젊고 잘 자고 야심 찬 에너지로 똘똘

뭉쳐 있는 것, 그런 건 내 행동과 무관했다. 중년이 되어 잠을 설치고 소설 쓰기가 무의미하다고 느끼는 것이 내 행동과 무관하듯이. 이걸 깨달으니 안도감이 든다. 의사에게 그 정도로 나이를 먹은 여자가 된 기분이 어떤지 묻고 싶다. 아름다움과 아름다움의 힘을 잃은 소감이 어떠신가요. 물론 무례함을 무릅쓰고 누군가에게 그런 질문을 할 수는 없다. 이 물음에서 아름다움이란 당연히 젊음의 아름다움에 한정되지만, 다른 유형의 아름다움도 존재하며 상대에게 그런 아름다움이 있다고 생각하노라고 부연도 해야 할 것이다. 의사는 정말로 그런 아름다움을 지니기도 했다. 의사는 등이 놀라울 만큼 꼿꼿하며, 고갯짓이 참 우아하고, 뒤로 빗어 한 갈래로 묶은 머리는 아마 열 살 때부터 한결같았으리라. 나른하게 졸린 분위기를 풍기지만, 꼿꼿한 등 때문에 아주 예민해 보이기도 한다. 이 두 가지 특징의 부조화가 그녀를 돋보이게 한다.

원한다면 혈액 검사를 진행할 수 있어요, 의사는 말한다. 이건 힘을 행사하는 것이자 양보하는 것이다. 이전에 거절했던 요청을 들어주는 것이자 마침내 선물을 주기로 결심한 것이다. 쥐봤자 소용없는 선물을 주는 것은, 그렇게 해야 해서가 아니라 그럴 수 있어서다.

나는 그렇게 해달라고, 검사를 받고 싶다고 말한다. 창밖을 보며 저 너머 넓은 집을 빌려 살았던 과거의 나를 생각해서일까, 어느덧 나는 아직 나에게 갱년기 조짐은 없으며 적어도 그게 내 불면의 원인은 아니라는, 확신에 가까운 깨달음을 얻었다. 애초에 나는 갱년기를 느낀 적이 없었다. 의사를 만나러 온 건 순전히 친구가 권해서였다. 실은 친구뿐 아니라 여러 사람이 권했다. 그래서 내가 갱년기인지 의사에게 묻지조차 않는 건 너무 무심하고 무례한 행동 같았다. 의사에게 묻고 난 지금은 그 물음 자체가 갱년기의 부정이었음을 안다. 마치 내가 끼고 싶지 않은 단체에 들어가게 해달라고 간청한 기분이랄까. 그래도 그렇게 간청했기에, 내가 바라는 것은 간청할 필요가 없다는 확신뿐이라는 사실을 똑똑히 알았다.

나는 갱년기라는 개념이 참 무섭다. 인생의 마지막 단계에 들어선다는 게 그렇게 무섭다. 열두 살 적에 셰익스피어의 아내였던 앤 해서웨이가 유년기를 보낸 스트랫퍼드 생가를 탐방하다가 초경을 시작한 순간을 생생히 기억한다. 그때 가이드는 '판이 뒤집힌다turning the tables'라는 표현의 어원을 설명하고 있었다. 왜인지는 모르겠으나 갱년기는 그때 그 소녀에 대한 배반처럼 느껴진다. 내가 애를 낳지 않아서, 그래서 그날 시작된 과정이 한 번도 결실을 이루지 못해서일까. 어쩌면 그래서 나는 갱년기와 노년을 아주 덤덤하게는 절대 받아들이지 못할 것이다. 무언가를 완수하지 못한 감각이 평생 가시지 않을 테니까.

어쨌거나 나는 혈액 검사를 받기로 한다. 어차피 그걸 하려고 온 거다. 신비하게 저절로 움직이는 호르몬의 변화는 평생 내 안에서 가동 중인 일종의 은밀한 유령의 삶이다. 이제 나는 그걸 잠깐이라도 들여다보고 싶다. 다시 높은 창문을 내다본다. 요즘 들어 나는 내가 생각하는 내가 사라지고 있다는 느낌을 어느 때보다 강하게 받는다. 아무것도 진단해주지 않는 스냅사진이어도 좋으니 내가 나를 보고 싶다. 사실은, 이제 진단 같은 건 뭣도 신경 쓰지 않는다. 그러다 보름 후 내 진홍색 피로 꽉 찬 관을 보는데, 뭐라 표현할 수 없는 감정이 예상치 못하게 울컥 치민다. 감동이다. 자기 피가 담긴 관을 보고 감동하다니 어이없기도 하지. 하지만 나는 정말로 감동하고 그에 집착한다.

그로부터 일주일이 지나고, 정상으로 나온 검사 결과는 이미 내가 알고 있는 사실을, 그러니까 내 불면증이 심리적 이유 때문이라는 사실을 가리킨다. 앞으로도 나는 계속해서 내면을 파헤치며 문제를 발굴하고, 그와 함께 해법도 건질 수 있기를 바라는 자아의 고고학자가 되어야 한다. 하지만 솔직히 고백하자면, 나는 내가 무섭다. 이러다 내가 뭘 발견할지 때문이 아니라 아무것도 발견하지 못할까 봐서.

∞

한 소녀가 살았다.

열두 살쯤 먹은 한 소녀가 살았다.

소녀에게는 개가 있었다.

개가 **있었다.**

개는 커다랬고 홀릴 만큼 다정했다. 검은색과 갈색이 섞인 긴 털, 날쌘 몸짓, 육식동물답게 큼직한 이빨, 다정함 빼면 시체인 성격까지. 치고받는 대환장 이혼 소동 속에 그 개가 있었다.

때는 중간 방학이었다. 소녀는 아빠를 만나러 갔다. 개양육권은 아빠에게 주어졌다. 정확히는 아빠가 그걸 요구해 얻어냈다. 개는 엄마의 것이었다. 아빠는 아내의 일부분인 개를 곁에 두고 싶었던 걸까, 아니면 벌주고 싶었던 걸까. 때는 중간 방학이었고, 소녀와 언니는 일주일 동안 아빠와 지내는 중이었다.

하지만 개는 아빠와 사는 게 아니었다. 아빠가 개 양육권을 요구하기는 했으나, 옛집 바로 근처에서 함께 사는 새 아내가 남편의 전처와 관련된 거면 뭐든 질색했기 때문이다. 그래서 개는 불과 2년여 전만 해도 아빠, 엄마, 두 딸로 이뤄진 네 가족이 따스하고 북적이게 살았던 옛집에서 혼자 지냈다. 이제 그 집은 텅 비었다. 아무도 살지 않았고, 오직 개와 경악스러울 만큼 빠르게 증식하는 벼룩들만 남겨졌다.

아빠는 날마다 옛집에 들러 개에게 밥을 주었고, 거의 날마다 산책도 시켜주었다. 하지만 개는 날마다 최소 스물세 시간을 홀로 지냈다. 이웃들은 개가 낮이고 밤이고 짖어댄다고 항의했다. 소음이 성가시기도 했지만, 생명체가 그런 식으로 방치된 것이 경악스럽기도 했다. 아빠는 개를 더 자주 보러 오겠다고 했으나 쉽지 않은 일이었다. 돌봐야 할 회사와 새 아내, 의붓자식들, 의붓 반려견들이 있었고, 이따금 친자식들까지 찾아왔으니까.

방학이 되면 소녀와 언니는 엄마 집에서 세 시간이 걸리는 아빠 집으로 갔다. 매번 그랬듯 이번 중간 방학에도 소녀는 옛집에서 종일 개와 시간을 보냈다. 소녀는 아빠의 새 아내가 사는 집에서 환영받는다고 느끼지 못했고, 어차피 그곳이 마음에 들지도 않았다. 그 집에서는 가난의 냄새가 났다. 오줌 냄새가 났고, 요리 후 빠져나가지 못한 잔향이 풍겼다. 소녀는 개와 산책했고, 몇 시간이고 귀 사이 비단결 같은 털을 쓰다듬었다. 아니면 털이 나지 않아 민둥한 배의 분홍빛 살을 어루만졌다. 그러면 개는 참 좋아했다. 소녀는 자기가 요즘 어떻게 지내는지 한참이나 개에게 들려주었다. 열심히 벼룩을 잡아 손톱으로 터트리기도 했다. 벼룩을 확실히 죽이려면 욕조에 물을 가득 받아 그 안에 빠트려야 한다는 걸 알았지만. 소녀는 벼룩이 들끓는 카펫에 개와 함께 누워 잤다. 저녁에 시간이 다 되어 떠나야 할 때쯤에는 머리부터 발끝까지 벼룩한테 물린 자국투성이일 테지만, 그런 건 중요하지 않았다.

이렇게 1년을 보냈다. 그러나 이런 시간은 이번 중간 방학이 마지막이었다. 소녀가 엄마에게 애원하고 엄마가 아빠에게 강하게 요구한 끝에, 이 1년간의 끔찍한 계약을 뒤로하고 마침내 개는 소녀와 언니, 엄마와 살게 됐다. 소녀와 언니가 집으로 돌아가는 일요일, 개도 함께 떠날 것이다. 그렇게 엄마의 새집에서 함께 살아갈 것이다.

이번 중간 방학에도 소녀는 늘 하던 대로 했다. 날마다 종일 개와 시간을 보냈고, 개에게 계획을 알렸다. 그것도 여러 번, 확실하고 숨기는 것 없이 전부 말해주었다. 이게 한낱 공상이나 유치한 바람이 아니라 가족이 합의한 현실임을 개도 알 수 있도록. 마침 다행스러운 일이었다. 수요일부터 개가 아프기 시작했기 때문이다. 소녀의 눈에도 병색이 보였다. 개는 아무것도 먹지 않았다. 소녀가 문을 열고 들어오면 그저 신나서 커다란 셰퍼드 몸집에 어울리지 않게 발레리나처럼 껑충껑충 뛰던 놈이 이제는 겨우 고개만 까딱했다. 영혼이 무너진 것 같다고, 소녀는 생각했다. 비극이었으나 곧 함께 지낼 테니 그래도 마음이 놓였다. 소녀는 걱정하지 말라고 개를 달랬다. 그리고 끝까지 안심시키며 그날 그 집에 개를 두고 나섰다. 걱정하지 마. 걱정하지 마.

다음 날에도 개는 식음을 전폐한 채 무기력했다. 코는 따뜻하고 말라 있었다. 소녀가 개의 건강에 관해 아는 건 그게 유일했다. 코가 시원하고 촉촉하면 건강하다는 뜻이지만, 따뜻하고 말라 있으면 그렇지 않다는 뜻이다. 소녀는 코가 어떻든 간에 개가 아프다는 걸 알고 있었지만, 따뜻하고 마른 코가 그 사실을 외면적으로 확인시켜주었다. 소녀는 옆집 이웃을 찾아갔다. 아빠는 일하는 중이었고 연락할 방법도 없었다. 이웃은 개를 보더니 수의사를 불렀다. 수의사가 왔다. 수의사는 아무도 돌보지 않아 벼룩이 들끓고 먼지가 자욱한, 서늘하고 퀴퀴한 냄새를 풍기는 거실을 둘러보고는 무릎을 꿇고 무척 다정하게 개를 검진했다. 그 모습에 소녀는 눈물이 날 것 같았다. 수의사는 신장염 진단을 내린 뒤, 최대한 자주 물을 먹이라고 했다. 그리고 개에게 먹일 약을 소녀에게 주었다. 떠나기 전 수의사는 무슨 일이 있어도 개를 혼자 두어서는 안 된다고 주의를 주었다.

그날 밤 처음으로 소녀는 개만 사는 옛집에 머물렀다. 그 집은 소녀가 태어나 살았던 곳이었고, 처음 옹알이를 하고, 이가 나고, 학교에 가고, 상상 속 친구를 만나고, 혼자 책을 읽고, 그 밖에 모든 최초의 경험을 한 곳이었다. 하지만 더는 그 집에 있기가 싫었다. 모든 가구는 그대로였다. 네 가족을 위한 방들과 침대들도 여전했다. 식탁에 깔린 레이스 테이블보는 증조할아버지의 것이었고, 그 위에 엄마가 올려놓은 나뭇가지 모양 촛대는 방 세 칸에 옆집과 벽을 나눠 쓰는 집의 물건치고는 과했다. 창턱에는 말과 수레 모양 장식이, 선반에는 존 웨인 조각상이, 주방 벽에는 엄마의 그림이, 그 옆에는 아빠의 만화 그림이 있었다. 더 이상 누구의 손길도 닿지 않는 점만 빼면 모든 게 그대로였다. 모든 곳에 먼지막이 씌워져 있었다. 소녀는 그 집이 어쩐지 조금 무서워서 어둠 속에서 위층으로 올라가기가 꺼려졌다. 그래서 아래층 소파에서 개의 등을 토닥이며 잠을 청했다.

다음 날 아빠는 어쩔 도리 없이 평소에 좀처럼 하지 않는 일을 했다. 새 아내에게 반기를 든 것이다. 그는 자신들의 집에 개를 들여야 한다고 고집을 피웠다. 이제 개는 거의 미동조차 없었다. 소녀가 귀 사이를 어루만지면 귀나 이마를 살짝 움직이는 게 다였다. 소녀가 보기에 그 움직임은 약간의 고마움을 표현하는 것이었으나 즐거움은 빠져 있었다. 소녀는 개에게 이틀만 더 참으면 된다고 말해주었다. 이틀 후에는 이 집에 더 있을 필요가 없었다. 소녀와 함께 집에 갈 테니까. 이틀만 참으면 돼.

이제 소녀는 개가 죽어가고 있다는 걸 알고 있었다. 솔직히 고백하자면, 이틀 전 옛집에 들어섰을 때 껑충대지 않는 개를 본 순간 알았다. 개가 느리게 일어나 꼬리를 흔들던 순간에 소녀는 다리가 무거워졌다. 약해지는 것과 달랐다. 그냥 조금 무거워지는 감각. 다가올 미래를 알고 무거워지는 감각이었다. 무슨 일이 벌어질지 소녀는 알 수 있었다. 소녀는 언제나 다리가 말썽이었다. 나이 듦이나 미래의 슬픔을 미리 내다보기라도 하는지 몇 년이나 이상한 통증이 점점 심해져 잠깐 걷지 못한 때도 있었다. 어쩌면 소녀의 다리는 태어났을 때부터 알고 있었던 게 아닐까. 엄마가 떠나리라는 것을, 개가 이렇게 고통받다 죽으리라는 것을. 다리가 그런 걸 알 수도 있나? 뭐, 그럴 수도 있다.

소녀는 개를 데리고 아빠의 새 아내가 사는 집에 가는 게 내키지 않았다. 소녀와 언니가 참 진부하게도 시궁쥐라고 불렀던, 앙상한 그 집 개들과 함께 있는 그림이 도무지 그려지지 않았다. 이 멋진 개가 그렇게 퀴퀴하고 칙칙한 집에 있는 모습은 상상할 수 없었다. 하지만 한편으로는 개가 그 집에 있었으면 했다. 그래서 개가 아프다는 사실을 모두가 볼 수 있기를, 그리고 개를 죽인 게 그들임을 깨닫기를 바랐다. 아빠의 새 아내가 사는 집에 도착한 개는 소파 뒤편으로 기어가 가만히 웅크렸다. 물도 마다했다. 수의사가 또 다녀갔다. 수의사가 떠나던 순간에 집 안은 무척이나 고요했다. 아빠의 새 아내조차 평소에 독사 같던 표정이 한결 풀어지고 창백해 보였다.

핼러윈을 맞이한 토요일 아침, 개는 죽었다. 그날 저녁

아빠의 형제가—소녀의 삼촌이— 핼러윈 파티를 열었
다. 아빠의 새 아내는 아빠가 파티에 가는 것을 원하지 않
았다. 아빠는 파티에 가고 싶었지만 이미 뚱하게 가지 않
겠노라고 약속한 터였다. 소녀는 아빠가 강인해 보였던
시절을 떠올렸다. 그 시절 아빠는 대단해 보였고, 거의 사
람 키만 한 높이의 말뚝도 훌쩍 뛰어넘을 줄 알았다.

개는 죽으면서 세상의 모든 숨결을 거두어갔다. 죽은
개는 수의사에게 가져가 그곳에 두고 왔다. 수의사 말로
는 고통을 느낀 지 제법 됐을 것이라고, 1주나 2주 아니면
3주쯤 아팠을 것이라고 했다. 하지만 개들은 씩씩하고 주
인을 기쁘게 해주고 싶어 하니까. 아빠는 울음을 터트렸
다. 소녀는 살면서 아빠가 우는 걸 본 적이 없었다. 그 순
간 소녀는 아빠가 울음을 멈추기를, 동시에 영원히 멈추
지 않기를 빌었다. 언니는 개에게 딱히 애정을 쏟은 적이
없는데도 짧게 눈물을 흘렸고, 이내 아득히 괴로운 표정
을 지으며 애써 밝게 굴었다. 그게 언니의 방식이었다.

지난 2년여 동안 소녀는 어른들이 서로를 어떻게 대하
는가를 많이 배웠다. 어른들은 서로를 탓했다. 소녀는 어
른들과 자신이 불행한 이유가 자신에게 있다고도 느꼈다.
정말로 일부가 소녀의 잘못이라면, 그걸 소녀 힘으로 바

로잡을 수 있지 않았을까. 핼러윈이었던 그날, 아빠는 개의 죽음을 두고 새 아내를 탓했고, 새 아내는 자기보다 죽은 개를 신경 쓰는 아빠를 탓했다. 소녀는 옛집, 이제 와 생각하면 개의 집이었던 그곳에 그냥 혼자 있고 싶었다. 개가 만졌던 것들을 어루만지고, 카펫에 떨어진 개털을 모으고, 벼룩들 사이에 앉아 있고 싶었다.

그날 저녁, 소녀는 아빠, 언니와 핼러윈 파티에 갔다. 파티에 있는 사람들 모두가 아빠를 반겼다. 아빠의 새 아내가 전화를 걸어올 때마다 다른 사람이 받아서 아빠가 파티에 더 있어야 한다고 대답했다. 이렇게 슬픈 날, 자기 형제가 연 파티에 가족과 함께 있어야 하지 않겠느냐고, 지난 2년 동안 참 고생하지 않았느냐고, 아내가 그와 아이들을 두고 떠나 홀로 두 어린 딸을 돌봐야 했고, 나중에는 딸들까지 떠나버렸으니까, 이제 딸들은 방학에만 잠깐 얼굴을 비추고 당장 내일이면 엄마에게로 돌아갈 테니까, 힘든 하루를 보낸 이 가엾은 양반이 가족과 시간을 좀 보내야 하지 않겠느냐고.

파티가 끝난 밤, 소녀와 아빠와 언니는 아빠의 새 아내가 기다리는 집으로 돌아갔다. 소녀와 언니가 비틀거리는 아빠 양옆에서 걸었다. 잔디가 깔리지 않은 작은 정원 입구에 들어섰을 때, 세 사람이 본 것은 현관과 창문 밖으로 내던져진 아빠의 물건들이었다.

자매는 갑자기 비틀거림이 덜해진 아빠와 옛집으로 향했다. 소녀는 주방에 들어가고 싶지 않았다. 개가 입을 대지 않은 물그릇과 잠자리로 쓰던 낡은 수건이 그대로 남아 있었기 때문이다. 집 안은 싸늘했다. 세 사람은 늘 그랬던 것처럼 방으로 올라갔다. 소녀는 자기 방 침대에 누워 밤의 망망대해에서 노 젓는 배를 탄 상상을 하곤 했다. 세 사람은 오랜 세월 그랬듯 그렇게 그 집에서 잠들었다.

∞

몇 달 전 꿈속에서 나는 열기로 가득한 좁은 관 모양의 초고속 우주 왕복선을 타고 있었다. 얼마나 타고 있었는 가는 알 수 없었다. 가방이 가슴을 짓눌렀고, 질서를 유지 하는 누군가의 목소리가 고래고래 소리를 질러댔다. 아무 말도 하지 말고, 아무것도 묻지 말고, 아무것도 기대하지 말라고. 나는 백 명쯤 되는 낯선 사람들 틈에 끼어 있었는 데, 그들이 발산하는 공포가 천장에 서려 땀으로 막이 만 들어졌다. 돌진하는 우리 사이에는 어떤 떨림이 존재했 다. 우리가 더 나은 곳으로 순탄히 날아가는 게 아니라 역 경 속으로 떠밀려졌다는 감각이었다. 그 너머에는 무엇이 있지? 누가 알지?

꿈에서 깨어났을 때는 꿈이어서 참 다행이라고 생각했 다. 그러다 잠시 후 이런 생각이 들었다. 방금 내가 죽음을 얼핏 본 거면?

나는 그 느낌을 떨쳐낼 수 없었다. 몇 달이 지난 지금도 떨쳐내지 못하고 있다.

엄마에게 전화를 걸어 말한다. 나를 위로해줘요, 무슨 일이 생기든지 나를 지켜줘요. 엄마는 말한다. 죽음은 아름다운 거야. 엄마는 알고 있어. 그러니까 걱정하지 마. 엄마가 어떻게 알아. 엄마는 몰라. 엄마는 말한다. 그냥 다 알아.

∞

새벽 세 시:

길게 이어지는 화물열차가 밤을 낚아챈다. 무언가가 찢겼고(동이 튼다morning has broken는 표현은 얼마나 적확한지), 다시 밤이 되기 전까지는 봉합되지 않을 것이다. 지금부터 화물열차가 몇 대 더 지나갈 것이고, 네 시쯤 첫 비행기가 상공을 가로지를 것이다. 다섯 시 또는 다섯 시 반부터 교통량이 늘어나면 그때부터 과하게 활동적인 우리의 작은 행성이 또 한 번 생명을 터트릴 것이다. 세 시에 이미 첫 불꽃이 피어났다. 사실 잠들지 못해 그걸 감지할 수 있는 사람들에게 밤은 기껏해야 한 시간 남짓이다. 새벽 두 시부터 세 시 사이는 하루가 저물고 다음 날이 깨어나기까지 짧은 휴지기다.

나는 자리에서 일어난다. 이 행동을 놓고 세상의 의견은 엇갈린다. 어떤 수면 요법에 따르면, 누운 지 20분이 지나서도 잠들지 못하면 반드시 자리에서 일어나야만 한다. 그래야 침대라는 공간을 불면과 연결 짓지 않을 수 있다는 거다. 반대로 어떤 요법은 꿋꿋하게 침대에 있으라고 권한다. 그래야 밤에 깨어 있는 게 정상이라는 신호가 몸에 전달되지 않기 때문이다. 계속 침대에 붙어 있으면서 결과를 감내해야 한다.

타고난 야간형이 아닐뿐더러 스스로 숙면하는 사람이라고 믿어온 나는 침대에서 버티는 쪽을 확실히 선호한다. 하지만 오늘 밤은 굳이 일어난다. 지금 나는 가만히 있을 수 없다. 차를 한 잔 우린다. 새벽 세 시에 카페인이 든 음료를 마시라고 권하는 수면 요법은 어디에도 없지만, 예전에 한 번 카페인이 든 음료를 마신 뒤 곧장 잠든 적이 있었다. 이후로 혹시 또 통할까 싶어 가끔 차를 마셔 보곤 한다. 그러나 그런 일은 절대 일어나지 않는다.

필립 라킨의 시 한 구절이 떠오른다. 시를 직접 읽은 건 아니고, 최근 시에 관한 책을 읽다가 접했다. 백만 장 꽃잎의 꽃이 어쩌고 하는 구절이었다. 속옷 차림으로 소파에 앉아 차를 마시며 수면 요법이 권하지 않는 행동을 하나 더 한다. 인터넷에 접속하는 것이다. 죽음의 망각에 관한 라킨의 시가 나온다. 그건 '망각에 불과하다'라고 라킨은 말한다.

우리는 그것을 가졌으나 그것은 끝날 운명이었고
여기 존재하는 것들로 이뤄진
백만 장 꽃잎의 꽃을 피우기 위한
독특한 노력과 늘 함께였으니

사막이나 심연인 줄 알았던 곳에서 누군가의 인기척을 알리는 소리처럼 멀리서 종이 울리는 듯하다. 갑자기 외로움이 사라지고 행복해진다. 모든 게 부드럽고 메아리치고 공명한다. 그러다 이번에는 잭 언더우드가 막 태어난 아이를 품에 안았을 때의 행복을 노래한 시에서 한 구절이 생각난다. "양말이 신겨지는 감각을 느낄 수 있다"라고 그는 쓴다. 그 구절을 읽으면 나도 양말이 신겨지는 감각을 느낄 수 있다. 양말을 신지 않았는데도 말이다. 시는 세상을 회전시키는 문장들을 지어낼 수 있다. 너무 미미한 회전이어서 세상 사람들을 동요시키지는 않지만, 어느 외딴 삶을 중심축에서 아주 조금 밀어내 다시는 예전과 같아질 수 없게 할 수는 있다. 그리고 그런 문장이―‘여기 존재하는 것들로 이뤄진 백만 장 꽃잎의 꽃’― 지금 내 중심축을 밀어낸다. 이기심이 끝나는 결승선에 다다르고 싶어서 수년간 불교, 힌두교, 기독교의 가르침에 매달리다가 만난 라킨의 이 문장은 냅다 정맥에 꽂히는 스테로이드와 같다. 나는 애를 쓰는 과거의 자아를 전력 질주로 지나쳐 결승선에 도착했다. 물론 결승선이란 건 존재하지 않는다. 알고 보면 끝없이 다시 시작되는 출발선일 뿐. 내 삶 그리고 모든 삶이 성장의 장면을 가속한 영상처럼 펼쳐진다. 도무지 멈출 것 같지 않다는 게 삶의 속임수다. 삶은 정말이지 풍부해 보인다. 우리가 사방에서 죽음을 목격하는 동안에도 삶은 우리 귓전에 달콤한 풍요의 말을 속삭인다.

세 시 반쯤 되어서야 다시 침대로 돌아간다. 한밤중 이 시각에 이르러 이런 평화로움을 느낀다는 건 틀림없이 잠의 전조다. 또, 슬슬 추워지기도 하고. 침대로 들어가 웅크려 누우면 몇 분간은 과거로 돌아간 듯 만족스럽다. 원래 나는 침대에 눕는 걸 참 좋아했었지. 지금 그걸 기억하자. 내 삶은 복잡하게 꼬여 있고 도돌이표에 방황하는 중이지만, 여기 존재하는 것들로 이뤄진 백만 장 꽃잎의 꽃보다 복잡하지도 단순하지도 않다. 나는 살아 있다. 새삼 놀라운 사실을 발견한 것처럼 그걸 생각한다. 나는 내 삶의 존재를 느낀다.

∞

현재 상황: 엄마가 집안일을 하면서 〈그대 마음속의 풍차〉를 흥얼대고 있다. 나뭇가지 모양의 은제 촛대와 그에 어울리는 은제 고블릿 잔을 닦는다. 나는 미소를 머금고 귀를 기울인다.

동그라미, 나선 속 원처럼, 바퀴 속 바퀴처럼, 끝없이 도는 타래가 끝도 시작도 없이 영원히.

무슨 의미인지 다 헤아릴 수는 없지만 머릿속 무언가가 가사에 반응해 산을 빙 두른 길을 따라가듯 반복과 선율을 쫓는다. 그러자 거실이 묘하게 달라진다. 나는 나무 수레에 구슬을 가득 싣고 도자기로 만든 말의 고삐를 조정한다. 1980년대에는 집마다 그런 장식용 말과 수레가 있었다. 달그락달그락 말이 출발한다. 시장으로! 배경음처럼 엄마가 흥얼대는 노래에 맞춰 무작위로 장면들이 떠오른다. 수챗구멍으로 빨려 내려가는 물. 잠자는 시간. 버드나무. 우리가 걸어 들어가는 숲. **그대가 들어가는 터널 속 터널처럼.** 선율은 앞뒤로 왔다 갔다 흔들리는 추처럼 반복된다. 도자기 말이 밝은 초록색 카펫을 또각또각 지난다.

∞

하나의 문장을 생각한다.

물욕이 어찌나 심한지 남편을 범죄로 내몬 끔찍한 아내를 둔 한 남자가 현금 인출기를 털다가 결혼반지를 잃어버리고, 아내가 그 사실을 알게 된다면 필히 자신을 죽일 것이므로 결혼반지를 찾으러 범죄 현장으로 돌아가야만 하는 이야기를 나는 언젠가 쓸 생각이다.

여러 절을 품고 있는 하나의 문장. 러시아 인형처럼 하나의 절이 다른 절 속에 묻혀 있다. 인형을 하나씩 꺼내어 나란히 세워보면 이렇게 된다.

나는 언젠가 이야기를 쓸 생각이다.

한 남자에 관한 이야기다.

남자는 현금 인출기를 턴다.

남자는 결혼반지를 잃어버린다.

남자는 결혼반지를 찾으러 범죄 현장으로 돌아가야만
한다.

남자는 아내를 두었다.

아내는 끔찍한 사람이다.

아내는 물욕이 심하다.

아내는 남편을 범죄로 내몬다.

반지를 잃어버려서는 안 된다.

아내는 남편을 죽일 수 있다.

우리는 각각 분리된 절이 아니라 여러 절이 버무려진 문장을 말해버릇한다. 놈 촘스키는 이런 복합절을 회귀 recursion의 사례라고 말하며 그걸 인간 언어의 특징으로 본다. 회귀는 생각 속에 생각을 놓을 줄 알고, 즉각적인 것에서 추상적인 것으로, 무한히 다른 장소와 시간으로 이동할 줄 아는 인간의 고유한 능력을 말해준다. 나선 속 원, 바퀴 속 바퀴, 그대가 들어가는 터널 속 터널처럼. 촘스키는 이론상 무한히 길고 회귀적인 문장이 존재할 수 있다고 말한다. 생각 속에 생각을 집어넣는 정신 능력에 한계가 없기 때문이다. 인간 언어가 회귀적인 건 인간 정신이 회귀적이기 때문이다. 무한히 돌아가는 풍차처럼.

그런데 그러다 회귀적인 문장을 사용하지 않는다는 브라질 아마존 피라항족에 관한 연구가 등장했다. 피라항어는 내가 위에 언급한 문장을 허용하지 않으며 **비가 오면 나는 대피할 것이다**, 같은 구조조차 허락하지 않는다. 피라항어로는 이렇게 말해야 한다. **비가 온다. 나는 대피한다.** 피라항족은 생각 속에 생각을 집어넣지 않고, 하나의 문장 속에서 다른 시간이나 장소로 이동하지 않는다.

비가 오는데 대피하지 않으면 나는 홀딱 젖는다.

홀딱 젖고 싶은 게 아니면 비가 올 때 대피한다.

비가 올 때 계속 뽀송하기 위해 나는 대피한다.

피라항족에게 이런 문장들은 존재하지 않는다. 이런 식으로 전제가 마구 널뛰지 않는다. 대신 이렇게 말한다. **비가 온다. 나는 대피한다. 아니면 나는 대피한다. 나는 젖지 않는다. 아니면 나는 대피한다. 계속 뽀송하다.**

이렇게 보면 피라항족은 추상을 모르는 사람들 같다. 극단적으로 의미를 있는 그대로 받아들이는 게 아닌가 싶다. 실제로 이들이 컴퓨터 게임을 통해 새 문법 규칙을

학습하는 시도는 거의 다 실패했다. 문장 유형이 하나 생성될 때 원숭이 아이콘이 어느 방향으로 움직이는지를 예측하는 게임이었는데, 이들은 원숭이 아이콘을 진짜로 인식하지 못해 원숭이가 어느 방향으로 가는지 신경 쓰지 않았다. 그냥 아이콘 모양이나 화면 색깔에 매료되어 주의력을 빼앗겼다. 한 피험자는 테스트 도중 잠들었다. 서양인 중 유일하게 피라항족 언어와 문화를 어느 정도 수준으로 알고 이해한 대니얼 에버렛Daniel Everett이 거듭 단언한 사실은 "피라항족은 새로운 것을 하지 않는다"라는 것이었다. 그들은 이야기를 말하지 않는다. 예술을 창조하지 않는다. 초자연적이거나 초월적인 것을 믿지 않는다. 한두 세대 넘게 이어지는 개인 또는 집단의 기억을 가지지 않는다. 색깔을 가리키는 고정된 단어를 사용하지 않는다. 숫자도 없다.

그러나 그들은 밝고 기민하고 유능하며 재치를 겸비한 사람들로, 현대 세상과 타협하지 않고도 대부분이 정글에서 살아남은 몇 안 되는 부족이다. 그들의 끼니는 갓 잡은 쥐의 뇌를 빨아 마시는 것일 수 있다. 집은 야자수잎 아니면 땅바닥에 막대 네 개를 세우고 그 위에 걸쳐둔 짐승 가죽일 것이다. 그들은 무언가를 소유하지 않는다. 그들의 언어는 단어의 발화일 수도 있지만, 휘파람이나 노래 또는 콧노래일 수도 있다. 그들은 현재를 절대적인 것으로 경험하는 듯하다. 에버렛은 이렇게 말한다. "강굽이를 도는 카누를 보고 신나 하는 피라항족의 모습은 뭐라 형용하기 힘들다. 그들은 마치 카누가 다른 차원에 들어간 것처럼 반응한다."[6]

피라항족이 자주 말하는 단어 중에 에버렛이 의미를 추론하지 못했던 단어가 하나 있다. 바로 **이비피오**xibipiio다. 명사로 쓰이다가도 가끔은 동사로, 가끔은 형용사나 부사로 쓰인다. 누구누구가 이비피오하게 상류로 갔다가 이비피오하게 돌아왔다. 불꽃이 이비피오했다. 에버렛은 이 단어가 어떤 개념을 가리킨다는 사실을 점차 깨달았다. 말하자면 **경험으로 들어갔다가 나오는 것**, '경험과 비경험의 경계를 가로지르는 것'을 의미한다. 지금 여기 없는 것은 경험으로부터 사라진다. 이비피오한다. 그리고 다시

---

6   이를 비롯해 에버렛이 한 말의 모든 인용은 그의 논문 〈피라항족의 문법과 인지에 가해지는 문화적 제약〉에서 발췌했다. 피라항족 사례에 관심이 간다면, 이 논문과 에버렛의 여타 글을 추천한다. 매우 값어치 있으며 내 시도와는 비교할 수 없이 탁월하게 피라항족의 문화와 언어를 조명한다.

지금 여기 있는 것이 되어 경험으로 되돌아온다. '거기'라거나 '그때' 같은 것은 없다. 지금 여기를 드나들며 이비피오하는 것들만이 있다.

피라항어에는 미래나 과거 시제 같은 게 없다. 대신 시제와 비슷한 형태소 두 개가 존재하는데, 멀리 떨어진 것(지금 여기 없는 것)에는 –a가 붙고, 가까운 것(지금 여기 있는 것)에는 –i가 붙는다. 이 형태소들은 시간을 표현한다기보다 그 대상이 화자의 직접적인 경험에 속하는지 아닌지를 가리킨다. 피라항어는 대다수 언어와 다르게 과거–현재–미래 연속체에 경험을 위치시키지 않는다. 영어를 쓰는 우리는 이 연속체에 정확히 사건들을 위치시킬 수 있다. 비가 내렸었고, 비가 내렸고, 비가 내려왔고, 비가 내리고, 비가 내리고 있고, 비가 내릴 것이고, 비가 내렸을 것이다. 그런데 피라항어는 비가 가까이(여기) 있는지 아닌지만을 말할 수 있다.

그런 다음에는 자신들이 하려는 말을 한정하도록 동사를 수식할 수 있다. "밤새 비가 내렸다"라고 말할 때 '비가 내렸다'라는 동사는 비가 내렸음을 어떻게 알았는지를 표현하는 세 가지 형태소 중 하나의 수식을 받는다. 소식을 전해 들었는지(누군가가 말해줬는지), 추론했는지(아침에 젖은 땅을 봤는지), 아니면 직접 보거나 들었는지. 피라항족 언어와 문화는 의미를 있는 그대로 받아들일 뿐 아니라 증거에 기반한다. 무엇이 일어났는가를 어떻게 아는가? 전해 들은 말이 너무 길어져 경험으로부터 지나치게 멀어지면 더 이상 말하거나 생각할 가치가 없는 것으로 여겨진다. 그들이 초월적인 존재를 믿지 않고 집단 기억과 이야기와 신화를 대대손손 전승하지 않는 건 그래서다.

이토록이나 지금 여기에 붙박여 있는 삶은 얼마나 놀라운가. 얼마나 놀라운가. 우리는, 나는, 시간 속에 무질서하게 펼쳐진다. 그 안에 내던져진다. 단숨에 37년의 세월을 도약할 수도 있다. 여섯 살로 돌아가 엄마가 애지중지하는 나뭇가지 모양의 은제 촛대를 닦으며 부르는 노래를 듣는다. 그 촛대는 엄마가 가지지 못한 삶을 떠올리게 한다. 지금 나는 다른 버전의 나로 슬쩍 옮겨갈 수도 있다. 좀 다르고 더 나은 결정을 내리는 나로 말이다. 내 여생을 '만약에'라는 고약한 조건에 달아놓을 수도 있다. 내 삶은 언제와 까지와 어제와 내일과 1분 전과 내년과 그때와 다시와 영원과 결코로 이뤄진다.

시간은 영어 곳곳에 스며들어 있다. 가장 많이 사용

되는 단어 중 약 10퍼센트가 시간을 표현한다. 피라항어의 경우는 시간을 묘사하는 단어가 거의 없다. 다른 날, 지금, 이미, 낮, 밤, 간조, 만조, 만월, 일간, 정오, 일몰/일출, 이른 아침, 일출 전, 이게 전부다. 시간을 가리킬 때 피라항어는 그야말로 기술적descriptive이다. 낮을 말할 때는 '태양 속에서'라고 하고, 정오는 '큰 태양 속에서', 밤은 '불 옆에서'라고 말한다.

그렇다면 피라항족 사람들이 경험하지 못하는 시간 구간이나 흐름이 있는 걸까? '다른 날'이라고만 말할 수 있는 것이라면 '어제'와 '1년 전'을 서로 다른 시간으로 경험하는 게 아닌 걸까? 언어로 존재하지 않는 건 그 언어를 발화하는 사람의 머릿속에도 존재하지 않는가?

일본 학생들에게 완료 시제를 가르칠 때도 이 점을 고민했다. 일본어에는 완료 시제가 없다. I have eaten이라는 문장을 알려주자 학생들은 이해하지 못해 멍한 표정을 지었다. 그냥 I ate라고 하면 안 되나요? I have been to Europe이라고 하지 말고 그냥 I went to Europe이라고 하면 안 되는 거예요? 나는 I ate(오늘 아침에 먹었는지, 어제 종일 먹었는지, 과거의 특정 시점을 명시해야 한다)와 I have eaten(조금 전 먹어서 아직 배가 부르다)이 어떻게 다른지 열심히 설명했다. 여전히 이해하지 못해 멍한 표정들. 완료 시제에서는 시간의 구간이 열려 있어서, 과거와 현재가 분리되지 않고 과거가 현재와 만날 때까지 이어진다. 나는 밥을 먹었고I have eaten, 우리는 밤새 춤을 췄고We've danced all night, 1년이 지났다it's been a year. 일본인들은 이런 시간 영역을 경험하지 않는 건가? 아니면 언어적으로 다른 방식이나 추론 또는 맥락을 통해 그런 것들을 처리하는 걸까?

에버렛은 피라항족의 존재 방식을 "지금 여기 사는 것"으로 표현했다. 지금 여기 사는 거면 언어의 회귀는 불필요하다. 시간 순서나 인과관계 또는 가설에 근거한 결과에 따라 생각이나 상태를 결합해 이해할 필요가 없기 때문이다. 오직 지금만을 사는 거면 과거나 미래 시제는 필요하지 않다. 머나먼 과거부터 머나먼 미래까지 수평으로 이어지는, 나아가 가상의 시간 차원을 수직으로 쌓아 올려 어마어마하게 탄력적으로 펼쳐지는 연속체 위에 시간을 위치시키고, 공간과 교차하는 시간, 현실이든 상상이든 다른 어딘가에서 벌어지는 시간을 구체적으로 지칭하느라 말을 쟁이고 있을 필요도 없다.

피라항족으로 살아간다는 건 뭘까? 그런 연속체를 경

험하지 않는 삶은 어떨까? 한 사람의 마음이 무한히 회귀하는 바퀴 속 바퀴가 아니라면? 그런 삶의 방식은 상상만으로도 어쩐지 안도감을 준다. 그렇지만 도무지 인간답지 않게 느껴진다. 그러나 피라항족은 바로 그러한 방식으로 인간답게 살아가고 있다. 나는 그런 삶을 상상할 수 없다. 내가 상상할 수 있는 건 시간에 푹 잠겨 세포 하나하나에 시간이 흐르는 삶뿐이다.

시간은 늘 나에게 살아 숨 쉬는 이상한 무언가로 느껴졌다. 어렸을 때 엄마가 〈그대 마음속의 풍차〉를 부르는 소리를 들으면서도 뭔가 이상한 일이 벌어지고 있다는 걸 알았다. 수레에 구슬을 넣고 빼던 내 손이 따스해지고 크기가 열 배는 불어나는 듯했다. 나는 그 노래가 붙잡을 수 없으나 친밀한 무언가를 향해 말을 건네고 있다는 걸 알았다. 우리 마음은 시공간 속에서 길을 잃는다. 아니, 어쩌면 잃는 게 아닌지도 모른다. 웜홀과 블랙홀을 한참 지나 새로운 현실이 충분히 펼쳐졌을 때는 길을 잃는다는 말이 더는 성립하지 않을 것이다. 블랙홀과 웜홀에 갇힌 상태라야 길을 잃는 느낌을 받기 시작한다.

나에게 시간은 어떻게 영향을 미치느냐에 따라 물, 기름, 진흙처럼 일종의 점성을 지닌 매개처럼 느껴질 때가 있다. 나는 쉽게, 또는 어렵게 시간을 관통하고, 나이가 들수록 시간이 진득해지고 들쭉날쭉해지는 것을 인식한다. 나는 시간이 내 얼굴과 몸을 재편하고 형체를 변화시키는 것을 본다. 젊고 여리던 선이 거칠어지고 늙는다. 젊고 거칠던 선이 여려지고 늙는다. 나는 시간이 내가 사랑하는 사람들을 소멸시키는 것을 본다. 가끔 시간은 무언가가 일어나기를 간절히 바라며 기다리는 데 지쳤을 때 내가 들이박는 표면 같다. 그러다 시계를 보면 초침이 움직일 때마다 길게 어물거리며 떨리는 듯하다. 다른 때는 순풍에 떠밀리듯 빠르고 규칙적으로 시계 판을 돌고 있다.

시간은 풍요롭다. 차고 넘친다. 싱글 침대에 깔린 킹사이즈 이불 같아서 한 움큼 가득 움켜쥘 수 있다. 그러다가도 메마른 땅에서 긁어모으듯 부족해서 그걸로는 아무것도 만들 수 없고 할 수 없다. 시간은 어둠이다. 내 삶은 그 안에서 형체로 나타났다가 사라진다. 시간은 내가 올가미 밧줄로 잡아야 하는 말馬이다. 나 역시 말이고, 시간에 의해 묶여 있다.

성 아우구스티누스는 물었다. 시간이란 무無의 집합이 아니고 무엇이겠는가? '더 이상'과 '아직'은 사라지는 지금에 의해 분리된다. 피라항족이 사는 순간이 바로 그 지점, 사라지는 지금이 아닐까? 이 문제를 생각하느라 밤들을 보낸다. 서사 없는 삶을 상상해본다. 밤에는 그런 상상이 쉽다. 밤 자체가 서사 없는 시간이기 때문이다. 밤의 시간은 어딘가로 흐른다기보다 얕은 웅덩이처럼 고여 있다. 그러다 한순간에 웅덩이가 말라붙으면 아침이다. 그게 피라항족의 삶이겠지? 사라지는 지금을 사는 것?

성 아우구스티누스의 말이 예외 없이 들어맞는지 잘 모르겠다. 정말로 과거는 더 이상 없는 것, 미래는 아직 없는 것인지도 모른다. 하지만 과거에 대한 내 생각과 감정은 지금 여기 있다. 내가 깬 채 누워서 노 젓는 배 같던 어린 시절 침대를 떠올리고, 노래 부르던 엄마를 추억하는 지금 여기에. 미래에 대한 내 생각과 감정도 지금 여기 있다. 내가 밤새 깨어서 미래를 상상하고, 더 많은 미래를 걱정하고 기대하고 상상하는 지금 여기에. 과거는 지금 내 안에 살아 있는 한 더 이상 없는 것이 아니다. 마찬가지로 미래도 아직 없는 것이 아니다. 과거도 미래도 지금 존재한다. 물론 상상 속에서 그렇다는 소리지만, 상상을 통해 과거와 미래는 물리적인 사실이 되어 내 신경 경로와 감정으로 들어오고, 그 맛과 강도가 내 심장박동 속도와 숨결의 리듬을 좌우한다. 나는 지금 여기 깬 채 누워서, 앞으로 더 많이 여기 깬 채 누워 있을 세월을 가져다 줄 미래를 마주하며, 나를 지키려 굳게 주먹을 쥐었다. 손톱들이 파고들어 손바닥에 작은 달을 새긴다. 이 작은 달들은 아직이 아니라 지금 여기 와 있다. 미래에 대한 두려움이 그것들을 여기 가져다 놓았다. 미래는 지금이다.

지금의 소멸이 계속되듯 지금의 탄생도 계속된다. 살아 있는 지금으로부터 탄생이, 죽음도 공백도 없이 이어진다. 내 눈에는 지금이야말로 가장 커다랗고 예측할 수 있으며 지속할 수 있는 순간처럼 보인다. 시간이란 무의 집합이 아니고 무엇이겠는가? 하는 질문으로는 충분하지 않다. 더 나아가 이렇게 물어야 한다. 시간이란 불굴의 무언가가 아닌가? 오를 수 없는 지금이라는 벽. 나는 피라항족을 생각할 때, 걸음을 내디딜 때마다 아찔해지는 붕괴의 순간 *끄트머리*에 서 있는 모습을 상상하지 않는다. 내가 상상하는 그들은 고기를 낚고 짐승 가죽을 벗기고 물을 마시고 얼굴을 칠하고 오두막을 짓는 모습으로 존재한다. **비가 온다. 계속 뽀송하다.** 지금 여기 그들의 존재는 **비가 온다**라는 벽돌 위에 **계속 뽀송하다**라는 벽돌을 쌓듯 견고해 보인다.

피라항족처럼 살아가고 생각한다는 건 **어떤** 모습일까?

세상이 계속해서 이비피오한다는 건? 시간을 따라 사건들이 정신없이 펼쳐지고, 줄줄이 엮여 끌려나오고, 한 사건이 다음 사건을 유발하고, 한 사건이 다른 사건의 원인으로 지목되고, 과거의 고통이 현재의 고통에 묶여 미래의 고통을 일으키고, 그런 일은 일어나지 않는다. 경험에서 비경험으로 경계를 넘나드는 것은 없다. 그저 강굽이를 따라 사건들이 사라졌다가 다시 나타났다가 할 뿐이다.

아주 오래전, 20대 초반에 앓았던 적이 있다. 신장염이었는데, 환각에 가까운 고통에 시달리다가 문득, 신장염에 걸렸던 내 개의 고통을 알게 되었다는, 혹은 내 고통으로 개의 고통을 보상하고 있다는 생각이 들었다. 나는 신장이 럭비공만 해진 느낌을 받았고, 고통 때문에 온몸이 뒤틀리고 정신이 혼미해졌다. 뜨겁고 딱딱하고 쉴 새 없는 통증 때문에 움직이기조차 쉽지 않았다. 그러다 하루는 밤에 거실 바닥에 누워 있다가 이러다 죽는구나, 생각했다. 갑자기 모든 고통이 사라지더니 폐가 공기로 가득 찬 것처럼 몸의 밀도가 올라가는 동시에 몸이 가벼워졌다. 팔을 움직여 손을 보았다. 마음이 더없이 차분해졌다. 나 죽은 거야? 죽었나? 알 수 없었다. 두렵지는 않고 그저 궁금했다.

디지털시계를 확인했다. 시계는 움직이고 있었다. 무슨 의미일까. 사후세계로 이동 중인 건가. 시계의 숫자들은 숫자에 불과했다. 나와는 아무런 관계도 없었다. 숫자들은 시간을 앞으로 끌고 가는 게 아니었다. 그냥 가만히 달라지며 배열을 바꿨다. 구름이 모양을 달리하듯 광대한 정적 속에서 달라졌다. 이비피오하고 있었다. 오직: 지금 내가 여기 있다. 그리고: 지금 내가 여기 있다. 그리고: 지금 내가 여기 있다.

이런 게 피라항족이 경험하는 시간일까? 바로 거기에 춤이 있는 걸까? T. S. 엘리엇이 《사중주》에서 말했던, 청소년 시절 읽었을 때는 수수께끼 같기만 했던, 그 춤인 걸까? **정지점, 거기에 춤이 있다.** 고통이 사라진 밤에 디지털시계를 보았던 순간은 어느 때보다도 고요했다. 그런데 바로 거기에 춤이 있었다. 스스로 죽었다고 생각했으나 더없이 살아 있기도 했다. 아마도 내가 느낀 살아 있음은 갑작스러운 정적에 퍼진 파문 같은 것이었으리라. 그리고 내가 죽은 것 같다는 감각은 살아 있음을 새롭게 인식한 데서 비롯됐을 것이다. 일상적으로 이런저런 것을 하고 있음을 인식하거나 신장의 통증이나 졸음이나 열을 인식하는 게 아니라, 이 모든 것 너머에 무언가가 살아 있음을, 그리고 그게 나 자신임을 인식한 것이다. 그걸 가리는 통증이나 졸음이나 열이 걷히고 나니 곧바로 알 수 있었다. 그리고 그걸 알게 된 지금, 그것이 아닐 가능성도 알게 됐다. 삶과 죽음은 연속된 표면으로 둘러싸인 하나의 구체球體였다.

그날 밤 나는 몇 시간이나 디지털시계를 봤다. 분分이 그럴싸하고 당연하며 일관된 방식으로 균등히 움직이는 모습을 보고 있으니 그제야 비로소 죽음을 의심하게 됐다. 나는 디지털 디스플레이에서 시간이 이중으로 작동하는 것을 봤다. 계속 증폭되다가 다시 원점으로 주저앉는 분의 파동, 그리고 하나씩 꾸준히 쌓여가는 시時의 축적. 이 끈질기고 조용한 이중의 전진 아래서 내 정적은 깎여나갔고 포위당한 요새였다.

그와 함께 천천히 고통이 돌아온다. 그리고 갈증과 피로. 끊임없이 나를 괴롭히는 시간의 무게를 다시 느낀다. 시간은 발끝으로 차고, 차고, 또 차며 들어온다. 시간은 삶과 죽음을 갈라놓고 둘의 포옹을 떼어놓는다. 우리가 살아가는 것은 삶이 아니라 시간이다. 소진되는 것도 삶이 아니라 시간이다. 시간은 저기 우리가 볼 수 있는 곳으로 죽음을 밀어낸 다음 유한한 보호막을 자처해 자신을 우리에게 내어준다. 시간은 두려움과 절망이 움트는 땅이다.

피라항족도 잠 못 이룰까? 걱정할까? 방을 서성일까? 지금 생각하면 그날 밤은 희망을 잃은 분노로 가득했다. 그날은 화요일 밤이었고 지금은 수요일 아침이다. 화요일이 수요일로 넘어갔고 그 어떤 토막잠도 둘을 갈라놓지 않았다. 이렇게 48시간을 어떻게 살 수 있지? 낮과 밤의 이 모든 순간, 이 시간이 나를 굴복시킨다. 포기할게, 어둠을 향해, 그러다 아침 빛을 향해 말한다. 내가 포기한다고.

밤새 깨어 있었고 이제 아침이구나. 공황이 고조되고 비통의 이야기가 펼쳐진다. 그 긴 밤 내내 깨어 있었고 이제 아침이야. 화요일이었고 한숨도 못 잤는데 이제 수요일이야.

밤이다. 잠자지 않는다. 아침이다. 회귀를 모르는 피라항족은 이렇게 말한다. 그들의 과거는 경험 밖으로 빠져나가고 없다.

화요일이다. 사실에만 입각해 무엇으로도 회귀하지 않고 태평하게, 마음속 풍차를 돌리는 시간이라는 바람 한 점 없이, 그들은 이렇게 말할 것이다. **화요일이다. 잠자지 않는다. 수요일이다.**

∞

우리 웨일스로 가자.

짐을 많이 갖고 가지는 않을 거야. 그냥 차에 가득 실을 만큼만. 지금은 1월이야. 해변을 걷자. 바다에서 수영도 할까? 수영복을 챙기고 카드랑 스크래블도 혹시 모르니 챙겨. 노트북, 책, 장화, 넷플릭스 계정, 세제, 난로 불쏘시개, 통나무, 카메라, 자전거도 있어야 해. 자전거는 좀 그런가. 아냐, 자전거. 자전거도 챙겨. 웨일스에서는 누구든 잠들 수 있어. 깜깜하고 춥고 할 일도 없으니까. 우리는 웨일스에서 잘 거야. 잉글랜드를 위해서.°

바닷물 소리를 듣자. 아침이 밝으면 밤에 대충 차를 대어놓은 곳이 내다보일 거야. 여전히 바닷물은 보이지 않

°　　for England는 '아주 잘', '아주 오래'라는 뜻이 있다.

겠지만 들을 수는 있어. 비도 구경할 거야. 불을 피우자. 성냥개비. 성냥개비. 성냥개비 없어? 가게로 가서 성냥개비를 사자. 불을 피우고 불꽃을 바라볼 거야. 우리 꼭 타잔과 제인 같으려나. 내가 타잔이고, 당신이 제인이야.

늘 먹던 대로 요리하자. 월요일에는 파스타, 화요일에는 매운 요리, 수요일에는 감자구이, 목요일에는 다시 파스타, 금요일에는 카레. 하지만 카레는 못 만들 거야. 향신료가 없으니까. 대신 파스타 소스를 만들자. 다시 파스타. 토요일은 밖에서 먹고, 일요일에는 또 감자구이. 월요일부터 다시 시작. 파프리카가 있어. 온갖 요리에 넣을 거야. 당근을 갈아 마시자. 당근 여덟 개로 주스 2센티미터가 만들어져. 적양배추도 갈아 마시자. 물론 더는 안 먹을 거야.

절벽을 걷자. 바람이 부니까 스카프로 얼굴을 싸맬 거야. 포효하는 바다 위 땅을 몇 시간이나 산책할 거야. 물개를 볼 거야, 아니, 수달이다. 수달? 수달! 만에서 수영하는 사람을 구경하고, 수영복을 놓고 와 아쉬운 척할 거야. 새해 결심처럼 방에 걸려 있는 수영복을 생각하면서. 왜가리를 보고, 빵이 없는데 백조를 만난 걸 아쉬워할 거야. 백조한테 줄 음식만이 아니라 우리가 먹을 음식도 가져오지 않아 후회하게 될 거야. 우리는 늘 음식을 깜빡해. 도대체 왜 우리는 음식을 놓고 다니는 걸까? 언젠가 제대로 된 보온병을 장만하자. 노르딕 워킹용 스틱과 레깅스도 사고, 래브라도도 한 마리 입양하자. 우리 이러다 언젠가는 해변에서 살 거야.

비가 내리는 걸 구경하며 빗소리를 들을 거야. 비를 구경하면서 빗방울이 들판을 호수로 만드는 모습을 볼 거야. 우리는 홀딱 젖고 소똥 범벅이 될 거야. 다리 위로 솟구치는 물줄기를 볼 거야. 절대 사지 않을 집을 구경하러 두 시간 차를 몰고 가다가 1킬로미터를 남겨두고 돌아올 거야. 도로가 물에 잠겨서. 우리는 그 집을 사지 않겠다고 할 거야. 범람하는 집이니까.

해가 지기 직전에 찌르레기가 많이 모이기로 유명한 보호구역에 들를 거야. 우리는 무자비한 한겨울 잿빛 날씨를 견딘 끝에 푸른박새 한 마리, 딱따구리 두 마리를 볼 거야. 그러다 어두워지면 집으로 돌아갈 거야. 집은 아니지, 말하자면 집이라고 부르는 곳으로.

우리는 일도 할 거야. 각자 스크린 세상으로 사라졌다가 다시 나타나 난로에 장작을 넣어 불길을 키우고, 답답해지면 다시 낮출 거야. 젖은 장작이 쉭쉭 타는 소리를 들을 거고, 다시 불길을 키울 거야. 가게로 나가서 맛없는 빵과 더 많은 성냥개비를 살 거야. 우리는 불꽃을 지키는 **수호자**야. 우리는 정원에 뒤집힌 채 있는 배를 살필 거야. 누군가가 작은 신들을 모시던 제단을. 조개껍데기, 돌, 플라스틱 인형, 밧줄, 향 받침대. 우리는 새를 보며 옥신각신할 거야. 피리새야, 아니, 되새야. 피리새거든. 그러기에는 분홍 털이 적잖아. 암컷인가 봐. 되새야. 피리새야. 되새야. 네 착각이야. 어쨌거나. 우리는 말없이 블랙잭 카드놀이를 해. 당신이 이기고, 이기고, 또 이길 거야. 내가 한 번 이기고, 또 당신이 이기겠지.

우리는 자려고 누워. 방을 고르자. 오늘은 이 방, 다른 날에는 저 방. 완전히 시커먼 방에 들어가 누울 거야. 진짜 완전한 어둠이겠지. 맞아, 완전해. 우리는 이 순간 집 밖을 지나고 있을 3번 버스에 대해 조금도 생각하지 않을 거야. 비행기와 열차와 옆집 보일러 소리에 대해서도 생각하지 않아.

우리는 돌진하는 바람과 난타하는 빗소리가 어째서 침묵처럼 느껴지는지 궁금해할 거야. 운이 나쁜 밤에는 악마들을 물리치느라 새벽 서너 시까지 깨어 있을 거야. 나는 불쑥 튀어나온 기억에 붙들려 빌어먹을 아빠, 하고 말하지. 아빠가 내 개를 죽였어. 엄마를 쫓아냈고 내 개를 죽였어. 그런 뒤 우리는 어둠과 침묵이 분노를 집어삼키는 걸 지켜볼 거야. 늘 그렇듯 용서가 찾아오지. 아빠를, 과거를 용서하게 돼. 내가 본 손해를 세면서 사느니 삶과 화해하는 편이 더 쉬우니까. 우리는 비가 영원히 멈추지 않고 추적추적 내리는 아름다운 풍경을 창밖으로 바라볼 거야. 흙을 머금은 나무 내음, 짙은 새벽의 어둠, 꿋꿋하게 흐르는 물줄기. 우리는 궁금해지지. 왜 여기가 진짜 집보다 더 집처럼 느껴지는 걸까. 왜 여기 누워 깨어 있으니 어린 시절 기억이 돌아오는 걸까. 왜 이러고 있는 것도 나름대로 아름다울까. 왜 여기서는 잠이 꿈도 없이 곤해지는 걸까.

차에 짐을 싣자. 한 번도 타지 않은 자전거들 주위에다 짐을 다 쑤셔 넣자. 수영복은 다음에 꼭 입자고, 우리는 이야기할 거야. 우리는 날이 밝기 전에, 울새와 피리새, 어떤 새든 깨어나기 전에 떠날 거야. 바다를 한 번 더 보려고 길을 빙 둘러 갈 거야. 바다는 왜 이렇게 특별한 건지 궁금해하면서. 그러고 나면 교통 체증을 피할 수 있게 최대한 빠르게 밟아 집으로 향할 거야. 음악을 틀고 조용히 흥얼거리면서. 차에서는 무조건 90년대 음악만 들을 거야. CD 시절에 나온 옛날 노래들을 빈정대는 척하며 감상할 거야. 각자 속으로 멀고 또 가까운 과거로 돌아간 것 같은 착각에 빠질 거야. 우리는 와이퍼가 쩍쩍 빗물을 밀어내는 걸 지켜볼 거야. 비가 끝도 없이 내리네, 하고 노래를 부를 거야. 비가 끝도 없이 내리네.

—

사랑의 증식. 서약과 신뢰와 결혼반지, 아이들을 돌본 긴 밤들, 헌신한 세월, 최선의 노력. 그러다 그는 불쑥 생각한다. 웬 언덕을. 산은 아니고 야트막한 언덕과 천둥 번개 그리고 머리를 휘날리며 베를린 공연 무대에 선 데이비드 보위를. 〈르네상스 페라라의 여성들〉과 북소리와 현금 인출기에서 쏟아져나오는 20달러 지폐들, 바닷가에 있는 엄마, 동생 제임스의 진심 어린 미소. 지금 그의 앞에 제임스가 있다. 그를 보고 있으면 속에서 뭔가가 울컥한다. 바람이 불어 여러 겹의 문을 열어젖힌다. 딱 그런 느낌이 든다. 모든 문이 열어젖혀졌다.

✳

7월 초 화요일 막 열 시를 넘긴 시각. 날이 화창하다.

그는 길을 건너려고 초록 불을 기다리고 있다. 평소라면 앞을 똑바로 보며 주머니에 손을 찔러넣고 이리저리 차를 피해 건널 테지만, 이 순간만큼은 위험을 회피하고 법을 준수하는 시민, 겉보기에만 그럴 뿐 아니라 정말로 그런 사람이 되어 있다.

어쨌거나 그렇게 시간을 번다. 당장이라도 토가 나올 것 같다. 이런 느낌을 받은 적은 4급 바순 시험 날이 마지막이었다. 열세 살, 아니, 열네 살이었던가. 바순이라니. 그의 의지로 선택한 악기는 아니었다. 의욕이 남다른 선생님이 그의 미래를 위해 강요한 선택이었다. 모두 피아니스트나 바이올리니스트, 첼리스트가 되고 싶어 하지, 바순 연주자가 되고 싶어 하는 사람은 많지 않다고. 그러니 바순을 선택하면 오케스트라에 들어갈 확률이 높아진다나. 이 동네에서 오케스트라에 들어가는 남자애를 상상해보렴. 하지만 그는 4급 시험을 두 번 연달아 떨어졌고 세 번째에야 합격했다. 그리고 그렇게 바순을 포기했다.

바로 그때 느낀 메스꺼움을 지금 느끼고 있다. 떨려서이기도 하지만, 그의 것이 아닌 역할을 떠맡은 듯한 감각, 자기답지 않은 감각 때문이다. 한편으로는 그렇게 생각하니 좀 편해진다. 그 행동을 하는 건 그가 아니라고 스스로 설득할 수 있을 것 같다.

쇼핑센터는 적당히 붐빈다. 그들이 바라던 바다. 그의 오른쪽 머리 위에서 감시카메라가 입구를 비추고 있다. 그는 수년간 감시카메라 화면을 봐왔기에 카메라 바로 밑이 사각지대라는 걸 잘 안다. 그래서 그곳, 그 좁은 틈새를 노린다. 그는 곧바로 왼쪽에 있는 현금 인출기를 본다. 마치 그게 이 공간에서 가장 크고 빛나는 물건인 것처럼. 유일한 물건인 것처럼. 누군가 현금 인출기를 사용 중이다. 그는 줄을 선다. 일행이 있는지 괜히 둘러보지 않는다. 하지만 그들은 거기 있을 것이다. 멀, 레니, 제임스의 친구 폴. 그들은 변화무쌍한 패턴으로 움직이는 인파 사이에서 나타날 것이다. 나타나리라는 것을 그는 안다.

현금 인출기를 사용하는 여자는 세월아 네월아 비키지 않는다. 기계가 카드를 뱉으면 여자는 다른 카드를 넣고, 돈을 얼마나 뽑을지 결정 못 했는지 화면을 한참이나 만지작거린다. 그는 보려고 본 게 아니다. 다른 데 시선을 둘 곳이 없어서 보게 된 거다. 이 현금 인출기는 낡아서 카메라가 달리지 않았다. 그들이 이 기계를 고른 건 그래서다. 그는 자기 뒤에 세 사람이 줄을 선 것을 느낄 수 있다. 그들의 존재를 감지할 수 있다. 그들이 모두 등장했다는 건 이제 대기 줄에만 네 사람이 있다는 소리다. 그 불편한 광경에 다른 사람들은 10미터 떨어진 기계 앞으로 간다.

마침내 여자가 볼일을 마친다. 카드와 현금을 넣은 가방은 꽉 찼고 지퍼가 훤히 열려 있다. 훔쳐 가라고 홍보라도 하는 거야, 그는 생각한다. 얼른 지퍼를 잠그라고 경고해주고 싶다. 평소라면 그랬을 거다. 그는 그런 사람이라고 다들 이야기한다. 늘 모두를 챙기고 산다고. 여자가 떠난 후, 그가 기계 앞으로 가 지갑에서 카드를 찾는 척한다. 뒤에서는 레니가 제임스에게 연락했을 것이다. 전화를 걸고 바로 끊는 게 신호다. 그러면 제임스가 컴퓨터로 뭔가를 시작해 일을 꾸밀 것이다. 그렇다면 관건은 기다리는 것, 버튼을 누르고 뭔가 안 되는 척하는 것이다.

1분쯤 지났을까. 뒤에서 멀의 목소리가 들린다. **어이, 서두르라고.** 그가 돌아본다. **미안합니다. 카드가 먹통이라.** 멀을 보고 뒤에 있는 두 사람을 얼핏 보니 안도감이 몰려든다. 동지애라고 해야 하나. 그러다 대체 왜 그런 단어가 떠올랐는지 생각한다. 줄 끝에 서려던 여자가 짜증스럽게 자리를 뜬다.

바로 그때, 기계 돌아가는 소리가 나더니 인출구가 열리고 돈이 나온다. 처음에는 20달러 지폐들이 아찔한 속도로 쏟아진다. 어쨌거나 그의 눈에는 그렇게 보인다. 흐드러진 라일락처럼 아찔하다. 기계는 그렇게 그를 위해 열심히 속을 비워낸다. 그는 구멍으로 손을 넣어 지폐를 집은 뒤 작은 뭉치로 말아 굴리며(익숙해질 때까지 연습했다) 외투 안주머니로 옮겨 넣는다. 부드럽게 하는 게 중요하다. 너무 힘이 들어가서도, 서둘러서도 안 된다. 침착하고 부드럽게, 아무 일도 아닌 것처럼. 세 번째 뭉치, 네 번째, 다섯 번째 뭉치가 뚫린 주머니를 통해 외투 안감에 떨어진다. 거기 넉넉한 공간이 있다. 넉넉한 공간이. 이제 10달러 지폐가 나온다. 20달러는 다 떨어졌다는 소리다.

그는 얼어붙는다. 두려움이 사라지면서 위치 감각도 지워졌다. 시간이 멈춘 동시에 빠르게 흐른다. 그는 몇 초, 몇 시간, 몇 달, 몇 년을 서 있는다. 영원히 거기 서서 지폐들이 자기 손에 들어오는 모습을 지켜볼 수도 있을 것 같다. 아름답다. 정말이지 아름답고 완전하다.

응답받은 기도. 이건 돈의 문제도 아니다. 모든 게 잘 되고 있다는, 무엇도 그를 해칠 수 없다는 느낌이다. 그러다 멈춘다. 쏟아지던 돈이 멈추고, 그는 마지막 뭉치를 챙긴다. 기계 잔액이 빈 건가? 아니면 제임스가 멈춘 건가? 어쨌거나, 끝이다. 갑자기 다리가 물렁물렁해지고 귀가 먹먹해진다. 백색소음만 들린다. 행복이 멍함으로 바뀌고, 순식간에 아드레날린으로 변했다. 심장이 빠르게 뛰기 시작한다. 그는 잠시 서성이다가 자리를 뜬다.

—

달아날 수 있을까? 공중에 검이 매달려 있다. 무엇으로도 마음이 편해지지 않는다. 날마다 새로운 위험이 나타난다. 그건 바로 밤이다. 매일 밤 전쟁을 치르는데 대부분 내가 패배한다. 그리고 승리는 기껏해야 하루짜리다. 다음 밤이 되면 새로운 도전자가 등장한다. 나는 무섭다. 왜 사람들이 스스로 목숨을 끊고 정신을 놓는지 알 것 같다. 인생의 적막함을 이해한다. 다시 아이가 되고 싶다. 믿음을 갖고 위안을 받아 평화롭고 건강해지고 싶다.

그런 장담은 하지 않아요. 스스로 일어서는 법을 배워야 해

요. 생각을 바꿔야 해요.

할 수 없어요. 하지도 않을래요.

해야만 해요.

∞

밤에 외면하기 힘든 질문들:

TV 프로그램 제목에는 왜 이렇게 '비밀'이 많이 들어갈까? 〈개의 비밀스러운 삶〉〈다섯 살의 비밀스러운 삶〉〈아일랜드의 비밀스러운 역사〉〈동물원의 비밀스러운 삶〉〈영국 지하철의 비밀〉. 전파를 타고 방영되는데 어떻게 빌어먹을 비밀이란 거야? BBC나 ITV 사람들 누구도 '비밀'이라는 단어 뜻을 모르는 걸까. 개가 내면의 삶을 우리에게 비밀로 감추고 있다는 거야? 개가 비밀을 터놓지 않고 의뭉스럽게 혼자 낄낄대며 돌아다닌다고? 아일랜드가 그런다고? 동물원이 그런다고?

친애하는 BBC 여러분, 그런 건 비밀이 아니랍니다. 그냥 우리가 딱히 잘 모르는 것들이지요. 당신들이 이 구분을 확실히

하기 전까지는 수신료를 내지 않겠어요.

제목에 '영국' 아니면 '브리튼'이 들어가는 TV 프로그램은 또 왜 이렇게 많을까? 〈빅토리아 시대 사람들은 어떻게 영국을 건설했나〉 〈그레이트브리튼 다리들〉 〈그레이트브리튼 베이킹 대회〉 〈아서왕의 영국: 진실의 발견〉 〈영국 경찰들〉 〈돌과 사랑에 빠지다: 영국 조각의 황금기〉 〈감춰진 역사: 영국에서 가장 오래된 가족 기업들〉 〈그레이트브리튼 바느질 모임〉 〈영국 지하철의 비밀〉. 알았어요. 영국에 사는 거 안다고요. 그레이트브리튼. 위대한 영국인의 브리튼. 잘 알았습니다.

왜 브렉시트는 브렉시트일까. EU를 떠나는 건 브리튼이 아니라 UK(United Kingdom)인데? 그러면 유켁시트 Ukexit라고 해야 하는 거 아냐? 부정확한 딱지가 붙은 건 절대 믿지 마시오. 이 사기는 이름조차 사기를 칩니다. 이름부터 난장판, 엄청나게 유난스럽고 영원한 똥의 향연입니다.

현금 인출기를 털다가 결혼반지를 잃어버린 남자 이야

기를 어쩌다 쓰기 시작했더라? 이 남자는 회귀의 예시 문장을 궁리하다가 떠오른 인물이다. 그는 어디서 왔을까, 내 머릿속 어느 틈새에 숨어 있었던 거야? 현금 인출기를 털고 안 걸릴 수 있을까? 이 남자는 그럴까? 데이비드 보위를 향한 아빠의 사랑을 물려받은, 아빠의 오랜 친구를 똑 닮은, 이 무해하고 점잖은 남자가, 정말 그럴까? 너무 비현실적인 설정인가? 이 남자는 이름조차 없다.

이야기가 어디로 **가고** 있는 거야?

카라반은 왜 하나같이 이름이 페가수스, 스프라이트, 유니콘일까? 크고 둥근 네모 모양의 카라반이 공기역학에 어긋나게 흔들리면서 그 작고 좁은 바퀴로 서행 차선을 따라 움직이는 모습만큼 힘 빠지는 모습은 본 적이 없는데. 쇼핑 카트를 이카루스, 보이저, 스왈로 같은 이름으로 부르는 것과 다르지 않아 보인다.

∞

　새아빠는 마지막 외출로 아일랜드 바닷가와 해변 숲을 거닐었다. 이 세상에서 보낸 마지막 날은 아니었으나, 병원 밖 세상에서 무언가를 보았던 마지막 순간이기는 했다. 새아빠가 엄마와 거닌 백사장에는 검은색, 주황색, 회색이 섞인 화강암 노두露頭가 여기저기 드러나 있었다. 바닷물이 깊이 파인 반도와 어귀를 드나들고, 해변이 모래 언덕으로, 모래 언덕이 숲으로 이어졌다. 숲은 양치류, 이끼, 오래되어 화석화된 나무뿌리가 우거지고 소나무 향기가 가득했다.

　그날 새아빠는 그런 풍경을 보았다. 새아빠가 마지막으로 실컷 맡았던 바깥 공기는 더없이 신선했다. 5월 말 아일랜드 북서부의 끄트머리 땅은 웬만해서 저물지 않는 햇빛으로 환했다. 새아빠는 포효하는 대서양을 바라보았다. 그리고 그날 저녁 외조부모의 오두막으로 돌아온 새 아빠는 감기에 걸린 것 같다고, 아마 독감 같다고 했다. 엄마는 밖으로 나가 비첨스 가루약을 구해다 주었다. 새 아빠에게 비첨스 가루약은 만병통치약이었다. 그날 밤늦 게 구급차가 도착했다. 병원 두 곳의 중환자실에 입원한 지 2주 만에, 새아빠는 죽었다.

사촌은 마지막 날이었던 토요일 아침에 자전거를 타고 112킬로미터를 달렸다. 혼자였고, 이후 누구도 그 애와 연락이 닿지 않았다. 사망한 지 대략 24시간이 지난 월요 일 아침에야 경찰이 그 애의 시신을 발견했다. 절대 결근 하는 법이 없던 애가 출근하지 않자 걱정된 사장이 경찰 에 신고한 것이다.

나는 내 마지막 날이 자유로웠으면 좋겠다. 바닷가를 거닐고, 실컷 자전거를 타고, 좋아하는 일을 하고 싶다. 새아빠의 산책과 사촌의 자전거 타기가 기쁨과 즐거움으 로 가득했기를. 두 사람 모두 그게 마지막이 될 줄 몰랐을 것이다. 만약 알았다면, 더 즐거웠을까, 아니면 덜 즐거웠 을까? 결국 모든 건 언젠가 마지막을 맞이해야 한다. 우 리도 모르는 사이에 마지막이 된 것들은 틀림없이 한둘 이 아닐 것이다.

마지막 행위는 거룩함을 획득한다. 그날 새아빠의 산책이 그렇다. 우리는 아일랜드에 가면 거의 어김없이 그 길을 똑같이 거닌다. 새아빠가 마지막으로 본 바다를 내다본다. 모래밭에 새아빠 이름을 적는다. 우리는 각자 마음속으로, 언젠가는 우리도 이곳을 영영 못 보게 되리라고 생각한다. 그러면 둔탁한 충격이 찾아온다.

마지막이어서 거룩한 것이라면 모든 순간이 거룩하다. 모든 순간은 언제든 마지막이 될 수 있으니까. 우리는 그런 생각을 너무 가볍게 치부한다. 마지막 날인 것처럼 매일을 살자고 생각하지만, 정말로 그러지는 않는다.

모든 게 거룩하다. 거룩함은 우리가 죽었을 때만 소환되는 단어다. 그러나 모든 건 언제나, 줄곧 거룩했다.

∞

새벽 네 시:

따스한 순간의 보호막을 뚫고 생각 하나가 나타나 펼쳐지기 시작한다. 생각하지 마, 하고 말한다. 생각하지 마.

머릿속에서 아마도(아닐 수도 있지만) 내 내면의 것일 목소리가 라킨의 문장을 들이민다.

여기 존재하는 것들로 이뤄진 백만 장 꽃잎의 꽃.

여기 존재하는 것들로 이뤄진 백만 장 꽃잎의 꽃.

마치 잠에 빠지는 주문인 것처럼, 깨트려서는 안 되는 약속인 것처럼. 라킨의 시가 펼쳐지며 평화를 가져다주었다. 내가 세상에 내 의지와 인내심과 평화를 바친다면, 세상은 나에게 잠을 허락해야만 한다. 그래야 하지 않나?

불면증이 나를 흥정꾼으로 만들었다. 나는 언제나 다

음번에 제시할 무언가를, 얻어낼 수 있는 무언가를, 또는 다음번 거래에 써먹을 수 있는 지렛대를 찾아다닌다. 아무것도 통하지 않으면 그때부터는 구걸한다. 나는 상대가 내가 원하는 걸 줄지도 모른다는 희망을 품고 애원한다. 하지만, 굳이 그럴까? 어떻게 그게 가능해? 불면증이 어떻게 잠을 줘? 불면증은 잠을 구걸하기에 가장 부적절한 상대 아냐?

어떤 평화가 찾아왔었는지 몰라도 이제는 잦아들었다. 가만히 누워서 움직이지 마. 이런 느낌을 자주 받는다. 내가 아주 조용히 움직이지 않고 있으면 슬그머니 잠이 찾아올지도 모른다는 예감. 이런 생각은 어디서부터 왔을까? 잠이 내게 주어진 권리가 아니며, 밀수품처럼 은밀히 획득할 수만 있는 것처럼 보인 건 언제부터였나?

그러다 이런 생각에 이른다. 생각을 멈춰. 너는 늘 생각하더라.

그다음에는 또 이런 생각이. 그것도 생각이었잖아. 생각을 멈추라는 생각.

또 이런 생각. 그것도 생각이었지. 생각을 멈추라는 생각도 생각이라는 생각.

그리고 질책. 생각을 멈추랬지.

또 생각. 방금 **그건** 생각인가, 아니면 상위 정신이 내리는 명령인가?

생각: 너한테 상위 정신이 있다고 생각하니?

생각: 나 지금 깨어 있어.

나는 다시 시작하려고 몸을 뒤척인다. 스스로에게 화가 난다. 라킨은 어디 갔어? 여기 존재하는 것들로 이뤄진 백만 장 꽃잎의 꽃 어디 갔냐고? 네 시 직후, 브리스틀 공항에서 출발하는 비행기가 저 멀리 소리의 흔적을 남기며 지나간다. 갑자기 정신이 말똥말똥해진다. 몸은 처지는데 머릿속은 바쁘게 돌아간다.

불을 켜고 노트북을 꺼내어 깨어 있음(I AM AWAKE)을 검색한다. 나는 구글한테 뭘 기대했던 걸까. 구글 검색 결과는 절반 이상이 불교에 관한 내용이다. 그 깨어 있음이 가져다주는 행복한 깨달음은 불면증 환자가 상상할 수 없는 것이다. 그래서 나는 미쳐 날뛰는 내 정신을 만악의 근원에, 두뇌 깊숙이 앙심을 품고 파묻혀 있는 작은 아몬드 모양의 편도체에 집중시킨다. 오늘 내가 만난 최면술사는 다면적인 고통을 개략적으로 그려 설명해주었는데, 그 중심에 편도체가 있었다.

어느 기사에서 읽기로는, 두려움과 불안이 자주 뒤섞

이기는 하지만 편도체에서 둘은 다른 부위에 속해 있다고 한다. 두려움은 도망치거나 멈추거나 맞서 싸우는 단기적인 반응을 준비하도록 신체에 메시지를 보내는 중심핵에서 비롯된다. 불안은 감정을 책임지는 부위에서 시작된다. 이 부위는 장기적인 행동 변화에 영향을 미친다. 두려움이 위협에 대한 반응이라면, 불안은 머릿속 위협에 대한 반응이다. 지금 여기 눈앞에 있는 호랑이에게서 달아날 준비를 하는 것과, 다음 길목을 돌 때 **혹시나** 호랑이가 나타날지도 모른다는 생각에서 달아날 준비를 하는 것은 엄연히 다르다. 두려움은 빠르게 해소된다. 달아나거나, 맞서 싸우거나, 아니면 잡아먹힐 것이다. 그런데 불안에는 그러한 해법이 없다. 혹시 모르는 상황에 혹시 모르니 경계를 서야 한다. 영원히, 혹시 모르니까. 경계를 서고 있으면 생각만 하던 위협이 더욱 실재하는 것 같아지고, 그러면 더 철통으로 경계하는 수밖에 없다. 두려움은 위협이 사라지면 끝난다. 하지만 불안은 거울방에 갇힌 것처럼 자가 영속한다. 한 번은 친구가 이런 말을 한 적이 있다. 상상을 위한 은총은 없다고. 존재하지 않는 가해자에게서 살아남는 방법은 없다.

이제 나는 슬슬 헷갈리기 시작한다. 그러면 불면증을

일으키는 건 뭘까? 두려움인가, 불안인가? 모두가 불안이라고 대답한다. 최면술사도 불안 때문이라고 한다. 침대에 누워 있는 당신은 안전하지만, 심장은 어딘가에 호랑이가 있는 것처럼 뛰고 있다고, 실제로 호랑이는 없다는 걸 깨달아야 한다고.

하지만 호랑이는 **존재**한다. 수면 부족이라는 이름으로. 수면 부족은 머릿속에만 있는 위협이 아니라 갈증이나 허기처럼 실재한다. 심장박동을 빠르게 하고 근육을 긴장시키는 건 못 잘 것 같다는 **두려움** 때문이지 불안이 아니다. 이래서 불면증을 추적할 수 없는 거다. 불면증은 두려움이 마치 불안처럼 굴도록 한다. 두려움은 외부 위협에 대한 반응인데, 불면증은 참 독특하게도 두려움을 먼저 일으켜 그걸로 외부 위협을 유발한다. 호랑이를 무서워하기 때문에 호랑이는 계속 돌아온다. 돌아오는 것처럼 보이지 않아도 정말 되돌아온다. "두려워하지 마"라고 말하는 건 소용없다. 침실에 호랑이가 있으니 두려워할 수밖에 없다. 하지만 호랑이는 멈추거나 맞서 싸우거나 도망쳐서 절대 물리칠 수 없다. 그렇게 실재하는 위협에 대처하는 메커니즘이 모두 실패하고, 그로 인해 두려움은 더 커지고, 호랑이는 계속 되돌아온다. 기하학적으로 완벽한 악순환.

　수면제를 먹고 싶은 충동이 일순간에 나를 압도한다. 생각과 편도체와 호랑이로부터 자유로워지고 싶다. 네 시도 훌쩍 지났으니 약을 먹기에는 너무 늦었다. 이렇게 늦게, 두려움으로 자극받았을 때는 약도 말을 듣지 않는다. 더구나 나는 약을 너무 먹는다. 이러다가는 암과 치매에 걸릴 수도 있단다. 피로가 뼈에 사무치고 신경 말단 하나하나를 건드린다. 나는 다시 불을 끄고 누워 어두운 숲속에서 쫓기는 나를 본다. 여러 번 넘어져 피부가 찢기고 멍든다. 달리고 달리고 달린다. 그런데 무엇으로부터? **정확히** 무엇으로부터? 아마 죽음이겠지. 두려움의 길을 충분히 따라가다 보면 결국 다다르는 곳은 죽음이다. 여기 존재하지 않는 것으로 이뤄진 꽃잎 단 한 장의 꽃. 우리가 태어난 바로 그 순간, 우리 세포 하나하나마다 그 꽃이 피어났다. 내 심장은 막 밤이 됐을 때처럼 쿵쾅거리지 않는다. 이제는 굼뜨고 지친 박자에 맞춰 뛰고 있다. 가슴과 겨드랑이 주변 근육이 욱신거린다. 무엇으로부터 도망치는가? 방향을 틀면 무엇을 만나게 될까?

　방향을 틀어 선다. 알 수 없는 무언가가 거기 있는데 이름도 붙일 수 없다. 내 세포 속 죽음–전하電荷가 외부의 어느 힘에 달라붙듯 보이지 않는 힘 같은 게 작동하고 있다. 정전기가 느껴진다. 끔찍하게 작아진 기분. 서서히 그 힘이 형태를 갖추더니 상공의 붉은 불빛이 된다. 거미처럼 가느다란 외계의 형체 같기도 하다. 당황스럽게도, 넷플릭스 시리즈 〈기묘한 이야기〉에 나오는 악의 힘이다. 무언가를 진지하게 이해하고 맞서려 시도했건만, 내 상상력이 만들어낼 수 있는 건 이 정도다. 종말의 불꽃과 외계인 침공을 형상화한 과하고 저급한 호러 이미지.

〈기묘한 이야기〉를 만든 사람들은 자신들 작품이 불면증의 메타포가 되는 걸 겨냥했을까. 이 세계 반대편에 존재하는 어두운 무채색 세상. 거기서 당신을 기다리는 괴물. 그 괴물을 직면해야만 하는 당신. 이제 다섯 시가 되어간다. 나는 오늘 일정 중 취소할 수 있는 게 무엇무엇 있는지 빠르게 정리해본다. 공황이 차오른다. 밤의 시작부터 지금까지 숨어만 있던 악마들이 이제 열을 좁혀 뭉치고 있다. 이 악마들을 글로 쓸 때는 말뿐인 게으른 메타포 같지만, 사실 나는 그들의 존재를 감지하고 그들이 다가오는 걸 느낀다. 물론 내 마음이 꾸며낸 것들이지만. 이 상상은 내면에서 일어나는 사보타주, 두려운 결과를 끄집어내어 그걸 이해하고 통제하려는 마음의 시도다. 그렇기에 도리어 현실적이다. 그리고 지금 나는 그들이 다가오는 걸 느끼고, 그들을 물리칠 수 없어 무력하다.

어릴 때 한창 성질을 부리던 시기가 있었다. 혼자 벌컥 화를 냈고, 갈수록 무분별해졌으며, 그런 상태가 몇 시간씩 이어졌다. 막연한 분노에 휩싸인 채 계단 꼭대기에 홀로 앉아, 누군가 다가와 나를 말려주기를 바라던 순간을 기억한다.

내 문제는 늘 누군가 다가와 나를 구해주기를 바란다는 것이다. 나는 겁쟁이다. 늘 그랬다.

∞

테네시, 가파르고 바위가 많은 공원 그늘에 서 있다. 노두가 드러난 땅에 주황색 백합이 가득 피어 있고 6월 열기에 벌레들이 활기차다.

친구가 자기 이웃 이야기를 들려준다. 그 남자는 스키 사고를 겪은 후 예상치 못한 분노를 느끼게 되자 평생 믿어온 불교를 포기했다고 한다. 평생 선禪을 수행하고 평정심과 연민을 따르던 자였다. 그런데 누군가 스키를 타다가 자신을 들이박은 순간 그가 보인 반응은 분노와 비난이었다. 그 길로 그는 불교인이기를 포기하고 신을 믿기 시작했다.

《왜 불자들은 스키를 타면 안 되는가》라는 짧은 안내서를 상상해본다. **일반적으로 불자들은 따뜻한 날씨에서 하는 스포츠와 취미만 즐기는 편이 낫다. 앉아 있는 시간이 길수**

록 더 좋다. 부처도 대부분 앉아 있는 건 그래서다. 부처는 절대 로키산맥에서 중력을 앞지르려 노력하지 않았다.

"그런데, 왜?" 내가 묻는다. "딱 한 번 불운을 겪었다고 평생 믿음을 저버릴 것까지야?"

"분노 때문이야." 친구는 이렇게 말했다. "자기가 분노를 느꼈으니까."

"하지만 불교를 믿는다고 분노를 느껴서는 안 된다고 말하는 사람은 본 적 없는데."

"생각해봐. 어떤 문제가 생기든 길들여진 반응이 반사적으로 튀어나오지 않게 평생 마음을 갈고닦았어. 무슨 말인지 알지? 생각 없이 나오는 반응 말이야. 그 사람은 좀 더 진실하게 우러나오는 반응을 할 수 있게 평생을 바쳤어. 그런데 정말 문제가 생겼을 때 그 사람이 어떻게 했게? 곧장 길들여진 반응을 보였어. 분노했고, 탓을 했어. 진실한 반응이 아니라."

"그 순간 그에게 진실한 반응이 분노였다면?"

"그 사람은 그 이상의 것을 바랐던 거야."

"왜? 인간이 인간다운 감정을 느끼는 것 이상을 바랐다고?"

"응. 맞아. 인간적인 편협함에만 갇혀 있는 것 이상을 바랐어."

"그래서 신을 믿기로 했구나."

"그래서 신을 믿기로 했지."

친구와 나는 대화하다 보면 6분을 못 넘겨 진지하고 의미심장한 이야기로 넘어간다. 우리 사이에 스몰 토크는 어울리지 않는다. 우리는 수풀 깔린 작은 고원의 아름다움에 잠시 감탄하다가 나무가 무성한 그늘로 들어간다. 날이 너무 덥다. 친구는 도시 위 산속에 산다. 구획이 지어진 산에는 으리으리한 집들이 마을을 이루고 있다. 집마다 잘 가꾼 잔디밭이 있고, 기둥이 세워진 현관, 베란다, 알록달록한 벽토가 있다. 단풍나무 사이로 홍관조들이 붉은빛을 발산한다. 해가 저물 때 나무 사이 어둠 속에 떠다니는 잿불은 반딧불이다. 여기 있던 것이 사라지며 경험의 문턱을 이비피오한다. 내 친구에게는 신이 있다. 친구 곁을 떠나 사라진 것들도 전부 그분의 영원함 속에 남아 있다. 가파른 낭떠러지에서 아찔하게 추락하더라도 친구는 늘 그분에게 착륙한다. 몸을 뒤틀며 뛰어오르면 그분이 뻗은 품속에 안긴다. 그분이 안전히 붙들어주니 황홀한 비행도 즐긴다. 밋밋하고 무료하게 펼쳐지는 삶이 그분의 사랑 덕에 생생한 드라마가 된다. 내 옆에 서 있는 친구는 이 모든 걸 가졌다. 이것들이 이 순간 친구의 피와 뼈를 채우고 마음을 부풀린다.

"내가 아는 불교 벽화가 하나 있어." 내가 말한다. "불구덩이에서 몸부림치는 큰 뱀이 있고, 뱀의 갈라진 혀끝에 명상하는 승려가 있어. 그림은 평화롭고 조용한 삶, 아무것도 느끼지 않고 경험하지 않는 삶을 말하고 있지 않아. 골치 아픈 삶으로부터 은둔하거나 그걸 부정하는 게 아니라, 용기를 내어 그것과 함께하는 것, 뱀의 혀끝에 앉아서 모든 소란을 지켜보는 거지."

"내 신은 그곳에도 함께 계셔." 친구는 말한다. "그게 다른 점이야."

한때 불자였던 내 친구의 친구는 혼자 그러고 있는 것에 질려버렸다는 사실을 깨달았다고 했다. 불교란 궁극적으로 자아를 초월하는 것 말고는 무엇도 바라지 않으며 혼자 벌이는 외롭고 고독한 투쟁이다. 자기 존재에서 자아를 삭제시키는 것. 투쟁의 목표는 그뿐이다. 더 나은 자아에 이르려는 그 모든 세월은 결국, 자아의 절멸이라는 보상을 얻기 위함이다.

그러다 문득 도움이 가까이 있다는 사실을 깨닫는다.

당신은 스키장 활강 코스 한가운데 부러진 스키 대와 골절된 갈비뼈, 평생어치 분노를 안고 홀로 버려진 게 아니다. 당신은 혼자가 아니며, 분노를 용서받고, 절망과 고통과 혼란을 헤쳐나가도록 안내받을 뿐 아니라, 존재의 소멸로부터 보호받는다. 뱀의 혀끝, 차디찬 비탈 위, 병마의 고통과 딜레마의 고뇌에도, 신이 당신과 함께 계시다. 그분은 삶과 사후에 존재의 꽃을 피운다. 모든 시간은 나날이 영광스러운 자신이 되어가는 과정이다. 친구의 표현을 빌리자면, 영원히 나아지는 과정.

자려고 누우면 느껴지는 이 감정, 50층 건물에서 추락하는데 아무도, 아무것도 나를 잡아주지 않을 것 같은 느낌을 뭐라 표현할까? 방금 적은 말은 그 감정을 표현한 게 아니다. 다른 것에 관한 서술이다. 50층 건물에서 추락하는데 아무도 잡아주지 않는 것에 관한 서술. 자주 경험하는 걸 한 번도 경험 못 한 메타포로 바꿔 표현하는 게 무슨 소용이지? 아무것도 알려진 게 없다는, 내 인생을—내가 아는 모든 인생을— 단적으로 말해주는 감각을 어떻게 표현할까? 처음부터 확실한 건 없다. 모든 게 무한하다. 그 중심에는 어떻게 도달할까?

사실, 건물 메타포도 이미 메타포로 기능하지 않고 있다. 추락을 문자 그대로 쓰는 것은 말할 것도 없다. 50층 건물에서 추락할 때 두려움은 아마 바닥에 떨어지겠지만, 내가 느끼는 두려움에는 그런 바닥이 **없다**. 누군가는 자신이 상시 느끼는 불안을 의자가 뒤로 넘어가 쓰러질 것 같은 순간에 비유한다. 그런 순간의 지속. 뒤로 넘어가는 바로 그 지점, 두려움은 그런 거다. 다음에 무슨 일이 벌어지는가도 중요하지 않다. 중요한 건 모든 견고함이 멀어지는 순간의 아찔함뿐이다.

조지아와 테네시 접경지의 단단한 석회암 산에 서서, 나는 친구와 언쟁하면서도 친구를 부러워한다. 나는 신을 믿을 자신이 없다. 냉소주의나 과학에 대한 거만한 맹종 때문이 아니다. 신이 견고하며 신자에게 일종의 확신을 주는 존재이기 때문이다. 나는 체질적으로 확실성을 못 받아들인다. 내 마음은 오로지 잠정적인 것만을 바라보며 논쟁의 여지가 없는 것은 거른다. 어쩔 도리가 없다. 나도 달라지고 싶은데, 그럴 수가 없다.

지금 내가 기대고 있는 이 테이블은 알고 보면 전혀 견고하지 않고 가장자리 없이 부유하는 원자들의 집합에 불과하다. 원자 수준으로 내려가고 나면 우리는 아는 게 많지 않다. 측정하고 예측할 수 있는 것도 적다. 이 가장 깊은 영역에서 실험 과학은 이론을 세우고, 알려진 관찰 결과와 데이터로 설명 모델을 구축한다. 이론 물리학자는 과학자인 동시에 철학자다. 유연한 그들의 사고에 중심이 되는 원칙은 이것이다. 나는 모른다는 것.

대중과학을 끌어와 주장을 펼치려는 건 아니다. 내가 뭘 알겠어? 그저 나는 이 세상에서 잠정적이고 방편적인 수준의 것 말고 믿을 게 있다는 증거를 찾지 못했을 뿐이다. 물론, 깨어 있는 거의 모든 순간에 잠정적이고 방편적인 수준의 것을 믿어도 된다는 증거 역시 발견하지 못했지만, 그냥 그대로 받아들인다. 잠정적이고 방편적일 뿐, 절대적이고 확실한 게 아니라고.

하루는 저녁에 조각 공예를 배우는 사람들과 술집에 갔다. 수요일 저녁이었고, 대화는 예사롭게 흘렀다. 우리가 작업 중인 프로젝트와 조각 모델에 관해 이야기 나누고, 세상 형편에 혀를 차고, 누군가 보고 왔다는 전시에 황홀해하고, 다음번 수업에서 뭘 해야 할지를 놓고 각자 수다스럽게 의견을 냈다. 나는 낮은 의자에 앉아 있었는데, 갑자기 모든 게 비현실적으로 느껴졌다. 이 술집에서 이 사람들과 앉아 있는 이 광경이 어쩌면 꿈인지도 모른다는 생각이 스쳤다. 혹은 다른 차원에 있는 두뇌의 어느 부위가 자극받아 생성한 환영이라면. 내 두뇌가 어딘가에서 액체에 담겨 있는 거라면. 혹은 다른 시공간의 실험실에 내 몸이 혼수상태로 있는지도 모른다. 이 술집, 이 사람들이 주는 커다랗고 견고한 위로는 아무것도 아니었다. 실체가 없었다. 이 사람들은 외로움과 고립을 막아주는 호위병처럼 보이지만, 실은 분리된 두뇌의 시냅스가 만들어낸 생각에 불과했다. 그리고 내 고립의 증거였다.

돌이켜 생각해보면, 이때가 불면증이 시작되기 직전이었다. 이때 나는 뿌리 뽑히는 느낌에 극도로 시달렸다. 자주 겁을 먹었다. 생각을 안정시키려고 애를 썼지만, 생각은 가장자리 없이 펼쳐질 따름이었다. 실재하는 건 무엇인가? 뭘 붙들어야 해? 무엇에 의지해야 하지? 나는 늘 걱정이 많은 편이기는 했어도 이렇게 불안해하지는 않았다. 걱정은 어느 정도까지는 타당하며 실용적인 차원에 머문다. 사람들이 자주 하는 조언 중에 이해하기 힘든 말이 있다. 네 손을 떠난 문제는 걱정해봤자 소용없다는 말. 그런 걸 걱정하는 데는 당연히 이유가 있다. 그런 것들이야말로 **정확히** 걱정해야 하는 문제들이다. 내 손을 떠나지 않은 문제를 걱정하는 게 도리어 실용적이지 못하다.

걱정할 시간에 무언가를 하면 되니까.

걱정과 불안은 엄연히 다르다. 걱정은 좀 더 일시적이고, 대상에 치중하고, 구체적이고, 불안만큼 널리 퍼지지 않는다. 불안은 보통 대상이 없으며, 자기 존재를 정당화하기 위해 걱정거리로 변모해 달라붙을 대상을 찾아낸다. 바로 이것, 되풀이되며 자기 지시적인 자기 생각과의 싸움, 이 이상한 것이 불안이다. 원래 나는 불안에 시달리는 사람이 아니었다. 그런데 돌이켜보면 그때 그 술집에서 나는 불안에 잠식되다 못해 그 존재조차 인식하지 못할 지경에 이르렀던 게 아닌가 싶다.

모든 게 꿈이나 시뮬레이션이나 환영이 아닌지 의심이 들기 시작할 때 문제는 증명할 길이 없다는 것이다. 그게 사실인지 아닌지 증거로 가리킬 수 있는 것은 이 세상 어디에도, 당신 몸이나 마음이나 두뇌 어디에도 없다. 불안에게는 이보다 더 좋은 기회가 없다. 나는 그게 일으키는 아찔함이 무시무시했다. 평소 나를 붙들어주던 버팀목이 모두 사라지고 없었다. 어떡하지? 옆에 앉은 사람에게 당신 실존하느냐고 물어야 하나. 그는 그렇다고 대답할 것이다. 왜냐면 당연히 실존하니까. 그의 입장에서 그는 다른 무언가가 될 수 없다. 꿈이나 시뮬레이션 세상 속 모든 것은 실재라고 스스로 믿도록 프로그래밍되었다. 그렇지 않으면 그 세상은 붕괴할 것이다. 나는 내면을 들여다보고 답을 찾을 수도 있었다. 살면서 수없이 그랬듯이 무언가를 직관적으로 깨닫거나 느끼려고 노력하면 되었다. 믿음직한 정신과 든든한 심장과 논리적인 두뇌에 무언가 떠오르면 그것의 질감을 느껴보면 되었다. 하지만 내 정신과 심장과 두뇌가 객관적으로 느끼도록 프로그래밍된 시뮬레이션이라면, 객관적 현실에 관하여 그들과 결탁하는 건 무의미했다.

이 모든 건 멋대로이고 이기적이며 살짝 미쳐 있다. 그러나 깊어지고 끈질겨진 불안에 합리적으로 대응하는 방법 같기도 하다. 내가 구한 위안은 족족 엇나갔다. 타인은 예나 지금이나 궁극적인 위안이다. 그 존재만으로 헤아릴 수 없는 위로를 준다. 타인은 무엇을 하거나 어떤 모습으로 있거나 무슨 말을 해서가 아니라, 문간에 인간 형상을 하고 존재하는 자체로 나를 위로한다. 동물도 마찬가지인 듯하다. 양들은 각자 영역을 나눠 가져도 될 만큼 넓은 벌판에서도 굳이 한데 모여 있다. 소들도 한 구석에 몰려 있고, 말들도 혼자 있는 걸 좋아하지 않는다. 물고기들도 떼를 지어 헤엄쳐 다니고, 새들도 뭉치로 난다. **뭉치**

flock는 참 귀여운 말이다. 본래 고대 영어 flocc은 인간에게만 쓰이는 말이었다. 집단으로 살아가고 이동하며 함께 밥을 먹는 사람들을 가리켰다. 또 뭉치는 털실 다발의 부드러움을 떠올리게 하고, 예전에는 머리카락을 일컫기도 했다.

그러다 의자가 뒤로 넘어가 쓰러지려 하는데 아무도, 아무것도 나를 잡아주지 않으리라는 감각이 찾아온다. 요즘은 머릿속에 필요 이상의 에너지가 도는 느낌을 받는다. 혹은 광란의 전류가 머릿속을 드나드는 듯하다. 에너지가 솟구치면 심장이 고동친다. 나는 그저 두 발을 디딜 땅을 찾고 싶을 뿐인데. 땅은 쏠려나간다. 내 마음은 기겁해 뭉치를 찾아 헤맨다. 타인이라는 부드러운 견고함을. 그러나 온통 불확실한 것들뿐이다. 겁에 질린 내 마음은 자기 안쪽을 파고들기 시작한다. 겁에 질린 것을 정당화하려고, 스스로를 공포에 빠트리며.

오늘 대학 이메일 계정으로 편지가 한 통 왔다. 미국에 사는 성공회 사제가 보내온 것이다. 일요일 성도들에게 전할 설교 원고를 쓰고 있다는데, 내용 일부가 나에 관한 것이라고 한다.

그는 내 소설 《서풍The Western Wind》을 읽고 감명받았다고. 했다. 그래서 인터넷에서 나를 검색하다가 내가 불안에 관해 쓴 에세이를 접했다. 그 글에서 나는 내 불안과 불면증을 이야기하다가 좀 멀리 나아가 중세의 불안에 관해 조심스럽게 나름의 주장을 펼쳤다. (작가는 이렇게 미지인으로 살아간다. 사람들은 작가에게 무엇을 주제로 에세이를 써달라고 청하지만, 작가가 에세이 쓰는 법에 관해서나 에세이에서 다루는 주제에 관해서, 또 솔직히 말해 세상 무엇에 관해서 아는 게 없다는 사실은 신경 쓰지 않는다. 아무것도 모르는데. 작가는 생계를 위해 이야기를 지어내고 그러다가 에세이도 꾸며내지만, 신경 쓰는 사람은 없다. 물론 공평하게도, 돈을 주는 사람도 없다).

사제가 보낸 설교 원고를 읽다 보니, 독자가 내 책에 관해 나에게 쓴 글을 읽을 때마다 받는 생경함을 어김없이 느낀다. 여기 있는 내가 나 스스로 정확히 명명할 수 없는, 마음속 어딘가 존재하는 세상을 지어냈더니, 저기 있는 누군가가 그 세상을 자기 스스로 정확히 명명할 수 없는, 자기 마음속 어딘가로 받아들이고, 그 이름 없는 세상이 움직여 전달되고 싶어 하면 그게 내 마음속 이름 없는 세상을 움직여 그렇게 울림을 주고받게 된다는 것. 이게 어떻게 가능한 일인지.

심지어 이번 경우에는 고독하고 대체로 내밀하게 내가 겪은 밤의 고통이 조만간 어느 일요일 노스캐롤라이나 교회 사람들에게 전해질 것이다. 사제는 설교에서 짧게 내 소설과 에세이를 언급한다. 내가 쓴 에세이 논지의 전제는, **아마도** 중세에는 불안이 지금보다 덜 만연했으리라는 것이다. 그 시대에는 사람들이 맞서야 하는 '진짜' 걱정거리들이 아주 많았기 때문이다. 그는 내가 표현하는 불안의 감각을 근거와 대상이 없는 것으로 이해한다. 존속을 위해 달라붙을 대상을 찾아내야 하는 무엇, 그러나 사실 그런 대상이 없어도 생겨나는 것. 무형의 불안이 마음을 부풀린다. 나는 그 문장을 여러 번 읽는다. 참 사랑스럽고 적확하지 아니한가. 요즘 나는 무형shapeless이라는 단어를 자주 생각한다. 무형의 어둠, 무형의 생각 안개, 문간에 서 있는 인간 형체와 상반되는 무형의 외로움, 날들이 경계 없이 합쳐지는 무형의 불면 생활.

사제는 그러다 자신이 평생 겪어온 불안에 관해 이야기하기 시작한다. 어릴 적부터 그가 겪어온 무형의 불안이다. 그의 그림과 글을 모아둔 스크랩북에는 일련의 스케치와 그 아래 이런 소개글이 있다. '네 살, 늘 긴장해 있고 불행하던 시기.' 그 시기가 지금까지 계속되고 있노라고 그는 말한다. 하지만 이제 불안은 신께 바쳐졌다. 그는 계속해서 신께 그 감정을 위탁한다. 그리고 성도들에게 로마서 8장의 바울을 기억하라고 권고한다. "아무것도 염려하지 말고 다만 모든 일에 기도와 간구로, 너희 구할 것을 감사함으로 하나님께 아뢰라."°

설교 제목은 〈주께서 가까이 계심이라〉이다. 바울이 걱정하지 말라고 훈계하기 전에 하는 말이기도 하다. 주께서 가까이 계심이라. 아무것도 염려하지 말라. 주님께서 가까이 계신 그곳에서, 사제는 가장 지고하고 순수한 위안을 발견한다. 자기 고민에 침잠해 허우적댈 필요 없이 그걸 신께 넘길 수 있는 기회. 그리고 그 기회는 언제나 거기 있다. 주님이 늘 거기 계시기 때문이다. 이 사실을 알고 나면 세상은 우리의 두려움이 유도하는 것처럼 외롭고 적대적인 곳이 아니라 '사랑의 통치를 받는 세계'가 된다고, 사제는 말한다.

주께서 가까이 계심이라. 사제는 굳건하면서 겸허한 확신으로 성도들에게 말한다.

<hr>

°   인용된 문장은 성서 개역개정판 빌립보서 4장 6절이다.

142

아무것도 염려하지 말라.

주께서 가까이 계심이라.

다른 친구와 이야기를 나눈다. 친구는 과학이 답이라고 한다. 과학이 거대한 위안이다. 친구는 클리퍼드°를 인용한다. **누구든지 불충분한 증거에 근거해 믿는 것은 언제 어디서나 틀렸다.**

우리와 우주가 물리적 형태 속에 존재한다는 증거는 정반대를 말해주는 증거보다 훨씬 많다. 이건 임계 질량의 문제다. 관찰 한 번으로는 증명할 수 없지만, 수천 수백만 번의 관찰이 모이면 진위를 검증받은 추측의 집합이 만들어지고, 언뜻 강력하고 믿음직해 보이는 이론이 형성된다.

이론 전체가 엉터리가 되려면 그걸 구성하는 수많은 관찰 결과도 엉터리여야 한다. 결국 그걸 믿기보다 안 믿기가 훨씬 더 어려워진다. 결국 물질의 객관성을 불신하려면 비합리적인 생각에 의존해야 할 것이다. 물질을 존재하게 하는 구성 요소를 전부 목격하고 증명한 과학 작용에 반대해야 할 것이다. 과학이란 건 도무지 믿기 힘든

° 　수학자이자 철학자였던 윌리엄 클리퍼드(1845~1879).

것들을 발견하는 경이로움의 연속이지만, 말했다시피 안 믿기보다 믿기가 더 이성에 부합한다고, 친구는 말한다.

나는 말한다. 이성, 늘 그게 문제더라. 이성.

이성, 이성이야.

이성과 믿음.

맞아, 친구는 말한다. 이성은 진리이기를 갈망하는 마음이 아니라, 관찰과 실험을 통해 진리로 보이는 것들을 붙드는 거야.

진리. 그리고 갈망. 다음은 윌리엄 제임스°의 말이다.

진리에 대한 우리의 믿음, 이를테면 진리가 존재하며 진리와 우리 정신이 서로를 위해 존재한다는 믿음은, 우리를 지탱하는 사회 체제의 갈망을 열렬히 긍정하는 게 아니고 무엇이겠는가? 우리는 진리를 원한다. 우리가 하는 실험과 연구와 논쟁이 계속해서 진리에 가까운 자리에 우리를 데려다 놓기를 바란다. 그리고 우리는 이에 따라 사고하는 삶을 끝까지 이어가자는 데 동의한다.

°   미국의 실용주의 철학자이자 심리학자(1842~1910).

그리고 우리는 이에 따라 사고하는 삶을 끝까지 이어 가자는 데 동의한다. 갈망에 의해 진리를 추구하며, 우리는 끝까지 싸운다. 윌리엄 제임스의 말대로 우리는 "진리가 존재하며 진리와 우리 정신이 서로를 위해 존재한다"고 생각한다. 분명 우리는 우리가 믿는 것들이, 단지 우리가 믿어서가 아니라 그것이 진리이기에 믿는 것이라고 생각한다. 우리가 믿는 모든 것이 물질계의 실재를 가리키면 우리는 그걸 틀림없는 진리로 받아들인다. 아니면 믿지 않는다. 우리는 이성의 도구를 사용해 믿음에 도달했다. 믿음과 이성과 진리. 정신의 위대한 삼위일체. 내 친구는 그렇게 생각한다.

나는 위안을 받았나? 이성이라는 거대한 토대를 믿는 내 친구를 보면서 나는 위안을 받았나? 딱히 그런 것 같지 않다. 나는 경계한다. 나는 과학이라는 거대한 힘에 매달릴 수 있지만 그것은 신이라는 거대한 힘에 매달리는 것과 다르지 않다. 나에게 과학과 믿음은 크게 다르지 않아 보인다. 과학은 믿음의 또 다른 형태이며, 믿음은 이성의 또 다른 형태이지 않은가? 한 번은 내가 절대 믿음을 저버릴 일은 없다는 생각이 들었다. 나는 언제나 무언가를 믿고 있다. 그게 불가지론, 무신론, 폭력, 친절, 돈, 냉

소주의, 글쓰기, 사랑, 정치, 연민, 무엇이 되었든지 말이다. 믿음이란 과학과 모든 것의 전제 조건이다. 우리는 믿을 준비가 되어 있어야 한다. 그렇지 않으면 무엇도 믿을 수 없다. 믿음의 대상은 찾으려고 하지 않으면 절대 찾을 수 없다.

만약 과학자가 나에게 빛이 초속 30만 킬로미터로 이동한다고 말한다면 나는 그의 말을 믿을 것이다. 그가 그걸 진리라고 믿기 때문이다. 그는 자신과 다른 과학자들이 실험으로 검증했기에 그 사실을 믿는다. 하지만 내가 그걸 직접 측정할 방법은 없다. 만약 과학자가 이론상 빛보다 빠르게 이동할 수 있는 물질은 없다고 말한다면 나는 그 역시 믿을 것이다. 믿지 않고 어쩌겠어? 스스로 확인할 수 없는데. 나는 그와 다른 과학자들이 이론에 근거해 사실의 진위를 검증했기에 그의 말을 믿는다. 그런데 그는 어떻게 자기 이론과 실험을 믿게 됐을까? 그 이유는 과학 탐구의 근간인 이성에 대한 믿음이다. 다시 윌리엄 제임스의 말을 생각한다. **우리의 믿음은 다른 누군가의 믿음에 대한 믿음이다. 가장 중대한 문제들에 있어서 이러한 경우는 흔하다.**

종교는 신에 대한 믿음이고 과학은 이성에 대한 믿음

이다. 둘을 들여다볼수록 차이는 없어 보인다. 과학 신봉자가 이성을 모든 것의 잣대로 떠받들수록 이성은 숭배받는 신처럼 보이기 시작한다. 이성은 오직 자신만을 증명한다. 무엇이 유효한지 밝히려고 이성을 사용하면 이성으로 도달할 수 있는 유효한 것들만 발견하게 된다. 우리는 그런 것들을 '합리적'이라고 말한다. 그렇다면? 신을 유효한 것의 기준으로 삼으면 신으로 도달할 수 있는 유효한 것들만 발견하게 된다. 우리는 그런 것들을 '신성하다'라고 말한다. 이런 건 대상 자체에 관해 아무것도 말해주지 않는다. 그저 그것에 도달한 과정만을 말해줄 뿐.

테네시에 사는 친구를 생각한다. 확신에 찬 걸음걸이, 살짝 바깥을 향해 있는 발, 달리기로 단련되어 튼튼한 구릿빛 다리. 친구는 의심하지 않는다. 친구는 제임스가 말하는 '믿는 태도'를 지녔다. 친구에게 신은 연인과도 같다. 연인처럼 열정과 헌신과 관심을 주며 존재만으로 거의 에로틱한 힘을 발휘한다. 친구는 **그의 것**이다. 설령 친구의 마음이 멀어지더라도 친구는 영원히 그의 것이다. 그렇게 태어났고, 그렇게 죽을 것이다. 나도 침대에 누워 매트리스의 촉감을 느끼면서 다 잘 풀릴 거라고, 내가 발 디딜 땅이 있을 거라고 스스로 다독이고, 머리 꼭대기에서부터 찌릿하게 나선으로 떨어지는 이 히스테리도 별거 아니라고 애써 생각하다 보면, 뭐든 좋으니 열정을 일으키고 확고 불변한 믿음을 붙들고 싶어지지만, 나는 그럴 수 없다.

그리고 밤이 한 시간 한 시간 힘겹게 나아가는 동안 나는 그 모든 걸 지켜보며 깨어 있다. 깨어 있고 지친 채로, 잠들기 직전에 찾아오는 느낌을 갈망한다. 모든 게 굴복하는 그 느낌. 사고하는 삶을 끝까지 이어가려는 싸움의 끝. 다 붙잡지 못할 정도로 커다랗고 이상한 무언가. 안식이 기다리고 있다. 가차 없이 째깍대는 의식의 시계가 숨을 죽이려 하고, 팔다리가 녹아내리려 하고, 상처가 더는 아프지 않고, 이 모든 정신없는 서커스가 와르르 무너지려고 한다. 무엇을 하거나 힘쓸 필요가 없다. 사제와 과학자가 동등해진다. 멧돼지와 박쥐와도 동등해진다. 할 수 있는 일은 당신에게 주어진 이 불가피한 동물적 은총에 믿음을 맡기는 것뿐이다.

세상의 모든 과학자는 잠으로 가는 비단길에서 펼쳐지는 아름다운 질서와 논리를 찾고 있다. 세상의 모든 종교는 우리가 눈을 감고 가라앉기 전에 찾아오는 자비와 은총을 표현하기 위해 만들어졌다.

∞

불면증 환자는 헤엄을 치고 있다.

그녀는 그럭저럭 자유형을 할 줄 안다. 완벽하지는 않지만 그래도 한쪽 끝에서 끝까지 헤엄쳐 갈 수 있다.

7월. 하늘 꼭대기 가깝게 걸려 있는 태양은 노란 풀밭과 호숫가 위에서 영국 같지 않게 작열하고 있다. 풀밭에는 배수를 위한 고랑이 나 있다. 가뭄이 들어 어디를 둘러봐도 물 한 방울 없는 듯한 때에는 믿기 힘든 광경이다. 위에서 보면 호수조차 말라 보인다. 바로 위 태양은 메달처럼 빛나고 있다. 바짝 마른 풀밭은 오래된 다다미 같다. 배수 고랑은 짚을 꿰매놓은 봉합선이다.

불면증 환자는 약물에 취해 있다. 진정 효과가 있는 항우울제 덕에 이틀 밤을 내리 푹 잤다. 일어나면 밖으로 나가 햇볕을 쬐고, 윌트셔 풀밭 옆 작은 호수에서 헤엄을 친다. 잠은 평범하다. 수면제에 취해 멍하게 꿈도 꾸지 않고 송장처럼 누워 망각에 빠져드는 잠이 아니라, 꿈들이 펼쳐질 만큼 넉넉한 잠이다. 그녀는 개운하게 일어나 밝은 생각을 하고, 과거의 자신처럼 활기가 돈다.

그녀는 사흘, 나흘, 닷새째 밤에도 잠을 잔다. 날마다 호수를 찾는다. 여기서는 작은 반점처럼 보이는 물가에서 그녀는 한쪽 둑에서 반대쪽 둑까지 열심히 팔을 돌려 헤엄친다. 하나 둘 셋 넷 후, 하나 둘 셋 넷 후. 우리와 그녀 사이에는 아주 많은 층이 끼어 있는데, 그 공간은 모두 살아 숨 쉰다. 이곳 위쪽의 공기는 희미하고 상쾌하다. 조금 더 아래로 내려가면 구름이 딱 한 조각 떠 있다. 바로 밑에는 새들이 날아다니는데, 여기서 보면 그녀와 크기가 비슷하다. 독수리, 비둘기, 까마귀, 까치, 칼새가 각자 맞는 높낮이로 하늘에서 헤엄치고 있다. 그리고 곤충들. 각다귀, 깔따구, 하루살이, 줄무늬 실잠자리, 황제 잠자리, 강도래, 모기, 그물날개 곤충들. 칼새 하나가 빠르게 곤두박질쳐 그녀가 오른팔을 돌리고 있는 곳 바로 앞 수면에서 곤충 하나를 낚아챈다.

사방에서 잠자리와 칼새가 공중을 휘젓는다. 수면 아래에는 물벼룩과 선충과 물장군과 옆새우가, 작은 물고기와 갑각류가 산다. 불면증 환자는 물안경을 쓰고 있지만 물속에서 이런 걸 볼 수는 없다. 연하게 우유를 탄 찻물처럼 물이 누렇게 뿌옇기 때문이다. 그녀는 도중에 헤엄을 멈추고 물에 등을 대고 누워서 하늘의 잠자리와 칼새와 까치와 독수리를 본다. 이 세상이 얼마나 특별한지, 삶이 얼마나 불가해하고 자비로운지 말로는 설명할 수 없다. 걸맞은 생각조차 찾기 힘들다. 이 위에서 그녀는 바람에 흩어진 이삭처럼 보인다. 창백하고 하찮지만, 씩씩하고 자유롭다. 그녀는 한쪽 끝에서 끝으로 갔다가 부표 세 개를 돌아 밖으로 나온 뒤 둑에 자리를 잡고 앉는다. 발바닥에 진흙이 묻는다. 무언가를 빚기에 딱 좋을 진흙이다. 산들바람에 마른 잎이 바스락거리고, 멀리 풀밭 건너편 카페에서 그릇 부딪히는 소리와 수다 소리가 어렴풋이 들린다. 태양은 따스하고 낮은 아주 많이 남아 있다. 이곳은 **벌벌 떨리는 강가, 오슬오슬한 호숫가**가 아니다. 아주 따스해서 맞서 싸울 것도, 극복할 것도 없다.

여섯째 밤에도, 일곱째 밤에도 그녀는 잠을 잔다. 그리고 헤엄을 치러 나온다. 세상은 **이런** 느낌이었지. 관절이 뻑뻑하지 않고, 생각이 갈리는 금속 같지 않고, 애쓰지 않아도 숨 쉴 수 있는 느낌. 선명한 정신, 잦아든 두려움, 가능성의 감각을 다시금 느낀다. 장애가 사라져 갑자기 다시 걸을 수 있고 볼 수 있게 된 것처럼. 그렇게 여덟째, 아홉째, 열째 밤을 보낸다.

사실 이제 잠은 그렇게 쉽게 오지 않는다. 벌써 진정제에 조금 내성이 생겼다. 그래도 찾아오기는 하니 그걸로 충분하다. 한때는 거의 못 자고 살았으니 이쯤이야 견딜 수 있다. 할 수 있을 때 수영하고 자전거를 타고 작업을 하고 정신을 똑바로 차려야 한다. 우리는 이따금 카페에 있는 그녀를 본다. 그녀는 노트를 펼치고서 무언가를 계속 적는다. 열한 번째, 열두 번째, 열세 번째 밤이 온다.

그녀는 헤엄을 치고 있다. 그녀는 위에서 내려다보듯 자신을 볼 수밖에 없다. 위에서 무언가가 떨어질 것 같기 때문이다. 약을 먹기 시작한 후로 그런 생각이 가시지 않는다. 약효가 멈추면 어쩌지? 이렇게 가시적이고 기적 같은 것을 믿기란 참 어렵다. 그녀는 약물은 믿을 게 못 된다고 배웠다. 자기 바깥을 보는 순간 실패라고. 병의 치료법은 자기 내면에서 찾아야 하는 것이라고. 감기에 걸렸다고? 명상을 해! 방광염에 걸렸다고? 명상을 해! 암에 걸렸다고? 명상을 해! 실연을 겪었다고? 명상을 해! 이쪽저쪽을 오고 가며 부표 주위를 돌고, 할 수 있을 때까지 헤엄을 칠 것. 할 수 있을 때 헤엄을 친다, 헤엄을 친다, 헤엄을 친다.

열네 번째 밤은 누더기다. 잠이 찾아오기는 하지만 몇 시간 만에 옅어진다. 열다섯 번째 밤도 마찬가지다. 신경 끄고 계속 하던 대로 해. 신뢰를 회복하고 공포심을 흩뜨리려면 오랫동안 지속해야 해. 매일 밤은 작은 승리다. 열여섯 번째 밤에는 거의 잠을 이루지 못하고 공황이 급습한다. 신경 꺼. 잠을 거의 못 잤어도 자기는 잔 거야. 이제 그녀는 호수로 갈 때 자전거 대신 차를 탄다. 물에 들어갈 수 있기만 하면 된다. 물가는 자유이자 죽은 듯 새까만 밤의 정반대 세상이다. 그녀는 지금 이걸 능가할 수 있을 만큼 오래 버티기만 하면 된다. 진정제 기운이 얼마나 빨리 사라지든지 그녀는 더 빨리 힘과 희망을 되찾을 것이다. 그렇게 되면 진정제는 더 이상 필요하지도 않다.

상상 속 높은 시점에서 그녀는 독수리보다 작은 몸집으로 헤엄치는 존재다. 그녀는 감시자 눈에 띄지 않을 만큼, 또는 사냥할 가치가 없어 보일 만큼 작아질 수도 있는지 궁금하다. 《더버빌 가의 테스》를 보면 테스를 갖고 놀다 손을 떼는 신들이 나온다. 어쩌면 신들이 그녀를 갖고 노는 것도 끝내버린 걸까? 사실 그녀는 신들이 누군지 잘 알지 못한다. 악의가 있는 존재들은 당연히 아닐 것이다. 어쩌면 그냥 오랜 세월 안팎에서 모인 힘이 그녀를 방해하게 된 것인지도 모른다. 불운인가? 하지만 불운이 왜 이리 실패처럼 느껴진담? 신경 꺼. 저기 부표까지 헤엄쳐 한 바퀴를 돌고 오는 거야. 하나 둘 셋 넷 후, 다시 반복.

열일곱, 열여덟, 열아홉, 스무 번째 밤. 약을 삼키면 그렇게나 빨리 찾아오던 잠기운이 느려지더니 이제는 아예 오지 않는다. 한숨도 못 자는 밤들이 돌아왔다. 일상적인 공황과 함께. 가볍던 팔다리가 무거워지고 관절이 삐걱대며 쑤시고 머릿속은 말벌 떼가 장악했다. 계속 헤엄쳐. 물속에 머리를 박고 팔을 돌리는 데 힘들 것 없잖아. 너는 계속 움직여야 해. 삶을 포기하지 말 것. 삶을 긍정할 것. 등을 대고 누워 잠자리와 칼새가 돌진하는 것을 본다. 영광스러운 삶, 이 속도와 결단력이 얼마나 끄떡없고 아름다운지.

이 허연 불가사리 형체를 위에서 보고 있으면 꼭 미끼 덩어리 같다. 그녀는 다시 배를 깔고 한쪽 끝에서 끝으로 천천히 헤엄친다. 오늘은 날이 살짝 화창하면서 조금 서늘해 물이 평소보다 어둡고 바람에 일렁인다. 숨을 쉴 때마다 공황이 들어차고, 말도 안 되지만 바다 한가운데 홀로 위험에 처한 듯한 느낌을 받는다. 바보 같기는, 위험한 건 없어. 여기는 풀밭 옆 호수일 뿐이라고. 헤엄을 관두고 가만히 떠 있기만 해도 30초 만에 뭍에 도착할 텐데. 바보. 하지만 하늘이 무너지고 있는데. 그러나 하늘은 무너지고 있지 않다. 그녀는 자신이 겁에 질리지 않았다는 걸 증명하려고 한 바퀴를 더 돈다. 숨을 쉬려고 고개를 내밀 때마다 **신난다! 멋지다! 천국이다!** 하고 자신에게 말한다. 조금 가쁘게 숨을 낚아채며.

그녀는 우리가 위에서 자신을 내려다본다고 생각한다. 하지만 아니다. 우리는 존재하지 않는다. 그녀는 하늘에서 도끼가 떨어져 우리가 그걸 휘두를 것이라고 생각하지만, 우리는 도끼를 본 적도 없고 그걸 휘두를 방법도 없다. 존재하지 않으니까. 그녀는 호수 밖으로 나와 몸을 말리면서 다시 머리와 목과 어깨를 짓누르는 감각을 느낀다. 그녀를 짓밟기로 마음먹은 힘의 무게를. 그게 나야, 그녀는 생각한다. 내가 나를 짓밟고 있어. 내가 그러고 있는 거야. 무슨 천상의 힘이 아니라. 평범한 사람은 누구나 잘 수 있다. 그건 신의 조화가 아니라 당연한 인체 기능이다. 하지만 그렇다고 머리와 목과 어깨에 가해지는 압박이 덜해지는 건 아니다. 오히려 심장까지 갑갑해진다.

신경 꺼. 내일 돌아오자. 다시 시도하는 거야. 스물한 번째 밤, 거의 잠자지 못한다. 스물두 번째 밤에는 한숨도 못 잔다. 완충 지대 없이 지속되는 날들이 쌓여간다. 뛰는 심장은 자유로워지고 싶어 한다. 신장에 희미한 통증이 느껴진다. 더운 날 풀밭을 거니는데 갑자기 머리 위에 그림자가 드리운다. 그녀는 움찔하며 얼른 머리를 가린다. 독수리가 날아든다. 하지만 올려다보면 독수리는 어디에도 없다. 그녀는 우리가 위에서 자신을 먹잇감처럼 노려보다가 낚아채리라고 생각한다. 하지만 우리가 존재하지 않는다는 사실도 알고 있다. 존재하지 않는 것에 쫓기고 패배했다는 사실이 더욱더 참담하게 느껴진다. 신경 끄고 계속 헤엄쳐. 시원한 밀크티 같은 물속에 머리를 박고 저 멀리 부표까지 한 바퀴 돌고 오는 거야. 위에서 내려다보는 그녀는 태엽 감는 장난감 같다. 그녀는 자신이 측은해지고, 그런 측은함을 느낀다는 사실에 또 화가 난다. 잠자리와 칼새는 여전하고, 둑 옆의 골풀과 수풀 밭에는 셀 수 없이 많은 푸른 실잠자리가 날아다닌다. 칼새는 아프리카에서 여기까지 날아왔다. 누군가의 개가 호숫가를 날듯이 내달린다. 발이 땅에 닿는 것 같지도 않을 만큼.

스물세 번째, 스물네 번째 밤. 세상은 점점 더 건조해진다. 호수로 돌아갈 때마다 그녀는 그곳이 여전할지 궁금하다. 모든 게 비를 내려달라고 비명을 지른다. 하지만 호수는 늘 작은 풀밭 옆에서 기다리고 있다. 아랑곳하지 말고 계속 헤엄쳐. 팔을 돌리고 몸을 흔들고 발을 첨벙이는 데 힘들 것 없잖아. 제일 고생하는 건 물이지. 머리를 박고, 하나 둘 셋 넷 후.

∞

일요일 밤부터 못 잤어요.

나는 앉자마자 부여잡은 머리를 손에서 떼어내며 이렇게 말한다. 여태껏 살면서 의사 앞에서 울어본 적은 없었다. 그런데 지금 내 앞에 깐깐하고 사람 기를 죽이는 의사가 꼿꼿하게 앉아 있다. 그리고 나는 일요일 밤부터 잠을 못 잤다. 오늘은 금요일이다. 머릿속에는 잠 생각뿐이다. 누군가의 잠을 빼앗을 수 있다면 그 사람을 죽일 수도 있을 것 같다.

놀랐어요, 의사는 이렇게 말했고, 나는 앉아서 눈물을 흘렸다. 놀라운 일인가요? 묻고 싶었다. 의사는 이렇게 말하고 싶었던 거겠지. 월요일에 왔었잖아요. 나는 의사의 허락을 받아 진정 효과가 있는 항우울제를 끊은 터였다. 나는 우울한 게 아니었으니까. (잠을 못 자 절박했으며 정신이 오락가락했으나 우울한 건 아니었다). 더구나 그런 약은 더 이상 나를 진정시키지 못하니까. 그런데 그러자 월요일부터 잠을 못 이뤘다. 나흘 연속으로 한숨도 못 잤다. 항우울제를 끊으면 불면증이 재발하는지 인터넷에 검색해보았다. 그렇다고 한다. 그럴 때는 약을 단번에 다 끊지 말고 점진적으로 줄여야 한단다. 의사는 그렇게 말하지 않았는데. 그리하여 나는 또다시 손을 포갠 어린애가 되어 의사 앞에 앉아 있다. 이번에는 눈물까지 흘리는 어린애다.

수면제가 필요해요. 의사는 내 눈물에 경악했는지 아니면 당황했는지 나를 뚫어져라 본다. 부탁해요. 나는 이 말을 내뱉자마자 후회한다. 이제 권력은 의사에게 넘어갔다. 나의 밤잠이 그녀가 하사하는 호의에 달렸다. 하지만 그게 현실이다. 의사 발밑에 엎드려 비는 게 도움이 된다면 기꺼이 그럴 작정이다.

의사 얼굴은 딱딱하게 굳어 있고, 태도는 스핑크스처럼 고고하다. 의사는 알약 열네 알을 처방해주면서 그 어떤 조언이나 격려도 건네지 않는다. 나도 처방전을 받아 말없이 나선다.

아주 오래전 철학과 학생일 때 알게 된 메타포가 있다. 연극 무대에 오른 여배우가 한쪽 구석에서 번지는 불길을 발견한다. 그녀는 관객들에게 불이 났으니 당장 대피하라고 말한다. 하지만 관객들은 연극 대사의 일부라고 생각해 그녀의 지시를 무시한다. 여배우가 다급해져 안달을 낼수록 관객들은 열정적이고 탁월한 그녀의 연기에 감탄한다. 무대 위 여배우가 자기 역할을 벗어나 할 수 있는 말은 없다. 그런 말을 할 때마다 자신이 맡은 역할을 확인할 뿐이다.

기억하기로 이 메타포는 페미니즘 수업 중에 접한 것인데, 이후 줄곧 나에게 큰 울림을 주었다. 그 의미는 인생에도 유효하다. 지금 여기 의사 앞에 있는 나는 신경과민과 자기 강박에 시달리는 환자일 뿐이다. 한 인간으로서 호소할수록 신경과민과 자기 강박 환자로서 역할이 공고해진다. 의사가 건성으로 들을수록 나는 내 고통을 말하거나 보여주려고 한다. 내 고통을 말하거나 보여줄수록 의사는 나를 신경과민과 자기 강박 환자로 여긴다. 내 역할은 매번 굳어지고 내 인간성보다도 중요해진다. 의사 눈에 나는 갈수록 인간 같지 않아진다. 나는 하나의 유형이다. 그녀를 귀찮게 하고 그녀 시간을 허비하는 존재다.

나는 잠만 자면 낫는 환자지만, 그녀에게는 잠든다고 낫지 않는 진짜 병에 걸린 환자들도 수두룩하다.

나는 곧 죽어도 의사를 보러 가기 싫다. 극도의 굴욕감을 느끼며 의사 만나기가 지긋지긋해졌다. 불면증 때문에 의사를 보러 가는 일은 최대한 자제한다. 내원할 때는 늘 구체적인 용건이 있다. 처방전을 받거나 예전처럼 혈액 검사를 받기 위해서다. 물론 대체로 의사가 할 수 있는 게 없다는 것도 안다. 불면증에 1년을 통으로 시달리는 동안 지난번 내원 후로 넉 달 만에 의사를 만나러 온 목적은 다시 혈액 검사를 받는 것이다. 얼마 전 만난 영양 전문가가 나에게 영양 결핍이나 갑상선 문제 혹은 그 밖에 불면증에 영향을 미치는 다른 원인이 있는지 확인하고 싶어 하기 때문이다. 그는 내가 그런 검사를 일찍이 해보지 않은 것에 놀랐다. 검사로 아무것도 나오지 않을 수도 있지만, 적어도 결과는 알 수 있을 것이다. 그래서 해보기로 한다. 나는 더 이상 애원하지 않는다. 이것은 엄연한 거래다. 나는 의사에게 연민이나 이해를 구하지 않을 것이다. 그냥 의사가 현실적으로 해줄 수 있는 일을 부탁하려는 것이다.

혈액 검사를 한 번 더 해볼 수 있을까요. 불면증에 관한 글을 읽어보니 의학적으로 근본적인 원인을 모두 규명해야 한다던데, 그렇게 하지 않은 것 같아서요. 가능성이 희박하다는 거 알아요. 그래도 다른 원인을 배제하는 것만으로 도움이 될 것 같아요.

의사는 컴퓨터를 바라보며 말이 없다. 그러다 마침내 눈도 마주치지 않고 대답한다. 여기는 마트가 아니에요.

나는 높은 내리닫이창을 내다본다. 왜가리 하나가 운하 위를 유유히 지난다. 분노와 탈진은 똑같은 감각임을 나는 깨닫는다. 꺼져가는 불구덩이에서 힘겹게 타오르는 불꽃이라는 점에서 둘은 똑같다. 화anger가 살아 숨 쉬고 활기차며 구체적인 대상을 향한다면, 분노rage는 남겨진 것으로 자기 자신을 산 채로 갉아먹는다. 분노와 탈진의 감각이 나를 산 채로 갉아먹는다. 내 안의 존중심을 잡아먹고 지금까지의 과거를, 앞으로의 미래를, 해야 할 것과 하지 말아야 할 것을 집어삼킨다.

의사는 자기가 너무 심했다고 생각하는지 태도를 바꾼다. 그녀는 이렇게 말한다. 그래요, (거의 더듬거리며) 검사합시다. 네, 좋은 생각이네요. 해봅시다. 그러더니 키보드로 무언가를 입력한다. 지금 나는 미치광이와 함께 있는 건가, 의구심이 든다. 아니면 내가 미치광이인가? 의사는 나를 술래잡기 놀이에 끌어들였다. 왜일까. 무겁고 칙칙한 11월의 하늘을 본다. 저기 골짜기에서 말뚝 박는 기계가 새집들을 짓는 중이다. 내가 저 동네에 살 때 주민들은 새 건축을 반대했었다. 나는 아니었다. 어차피 지어질 텐데 뭐 하러 반대하나 싶었다. 아치형 다리를 과속으로 질주하듯 분노가 속을 긁는다. 얌전하게 깍지 낀 양손은 허벅지 위에 점잖게 올려놓았다. 우아하지는 않아도 점잖다. 일평생 호의를 구하고 예의를 차리고 착하게 묻고 거절당해도 절대, 절대 신경 쓰지 않으면서 산다.

—

라디오3 채널의 〈르네상스 페라라의 여성들〉. 참 좋다. 정말로 좋다. 여성의 목소리들이 겹겹이 쌓인다. 몇 명이나 되는지 그는 짐작도 할 수 없다. 눈을 감고서 대성당에 있는 상상을 한다. 눈을 뜨고 나서도 한동안은 주방 풍경을 쉽사리 받아들일 수 없다.

오른쪽 손과 허벅지에 햇볕이 뜨겁게 내리쬔다. 아이들은 그가 라디오3 채널을 듣는 것을 우스워한다. 라디오3은 우드랜즈 레인에 사는 사람들이나 듣는 거지. 그리고 아빠는 원래 펑크록을 좋아하잖아. 사실은 아니지만, 그는 아이들이 그렇게 생각하도록 내버려둔다. 그러는 편이 본래 자기 모습보다 혹은 과거의 모습보다 더 근사하게 들리니까. 그가 정말로 좋아하는 음악은 1970년대 말과 1980년대에 우스꽝스러운 머리를 하고 활동했던 소프트 메탈 밴드들의 노래다. 그는 로드 스튜어트의 팬이었지만, 아이들에게는 한 번도 말한 적이 없다. 케이트 부시도 좋아했다. 아이들은 케이트 부시의 멋을 모른다. 어쩌면 케이트 부시의 노래에 있는 무언가가 〈르네상스 페라라의 여성들〉에도 있는 게 아닐까. 그들의 목소리는 그를 다른 곳으로 데리고 간다.

초인종이 울리자 그는 라디오를 끈다. 멀이 들어와 해가 드는 반타원형 식탁에 앉는다. 그가 차를 내린다.

"게일은 나갔어?" 멀이 묻는다.

"켈리를 데리고 시내에 갔어. 뭐였더라, 아무튼 뭐를 사야 한다고."

멀은 고개를 끄덕인다. 그의 표정은 온갖 걸 말하고 있다. 이제 뭐를 살 형편이 되는군. 벌써 그 돈을 쓰고 있는 거야? 당신 아내도 알아? 하고 말하는. 그러나 멀은 그의 아내가 모른다는 걸 안다. 왜냐면 그건 자기

들 다섯이 무덤까지 가져가기로 한 비밀이니까.

"더럽게 덥다." 멀이 말한다. "이런 여름은 처음이야."

"이따 레니랑 낚시 가기로 했다며?"

"세 시쯤. 합류할 생각 있어?"

"게일이 함께 있자고 해서. 내일이면 가능했을 텐데."

"뭐, 한번 보자고. 어떻게 될지 모르잖아. 기다려봐."

50대의 멀은 나이보다 늙어 보인다. 그리고 지쳐 보인다. 모든 걸 관두고 여생 동안 낚시만 하고 살 것처럼. 다섯 명은 한 사람당 1만 3천 파운드가 조금 넘는 돈을 나눠 가졌다. 모든 걸 다 관둘 만큼 넉넉한 금액은 아니다. 그래도 멀은 단조로운 일상을 빠져나가 몇 번 휴가를 갈 수 있을지도 모른다.

레니와 폴은 현금 인출기를 세 대만 털어서는 안 된다고, 한 사람당 한 대씩 맡아 털자고 했다. 하지만 그와 멀과 제임스가 반대했다. 세 대면 충분했다. 그는 그것만으로도 지릴 만큼 무서웠고 지금도 그렇다. 멀도 마찬가지다. 1만 3천 파운드를 가지게 됐을 때 멀은 수년간 고생한 게 바보짓이 된 사람처럼 슬퍼 보이기까지 했다. 정말 그랬다. 모든 게 바보짓이었다. 현금 인출기를 턴 것까지 다. 지릴 만큼 무서운 대가로 1만

3천 파운드를 갖게 됐다. 그래서? 그걸로 뭘 어쩔 건데? 범죄의 일련번호가 찍힌 20달러 뭉치들을 대체 어떻게 쓸 작정인데? 제임스는 비트코인을 살 생각이며 다섯 명이 다 그래야 한다고 생각한다. 하지만 비트코인이 뭔지 아는 사람은 없다. 1만 3천 파운드로 3개를 살 수 있다고는 하는데, 딱히 존재하지도 않고 제임스도 제대로 설명 못 하는 물건 3개를 사겠다고 1만 3천 파운드를 써버릴 사람은 없다. 그래서 어떻게 쓸 작정인지 제임스는 궁금해한다. 아직은 쓰지 말아야 한다. 그 돈은 숨기고, 일단 있는 돈을 먼저 써야 한다.

그가 멀에게 말한다. "생각해봤는데, 내 돈 2천 정도를 가져도 좋아. 그러면 네가, 모르겠다. 그냥 가져. 어디에 쓰든 상관없어."

"됐어." 멀이 대답한다. "싫어."

"왜 그래. 메리를 휴가라도 보내줘. 요즘 나아지고 있다며."

멀이 손을 들었다가 식탁에 떨군다. 그 충격에 게일이 꽃가루 알레르기가 도질 때 쓰는 빅스 흡입기가 쓰러진다. "나는 아무것도 안 했어. 그냥 대기 줄에 서 있었다고."

"그게 아닌 거 알잖아."

그는 자신과 멀, 레니, 폴, 제임스가 어떻게 이 일에 연루되었는지 말할 참이다. 그들은 대등한 동업자였다. 제임스만 빼고. 제임스는 브레인을 맡아 기술적 노하우를 제공했으니 1만 파운드를 더 챙겼다. 위험은 모두가 똑같이 나눠 가졌다. 한 명이라도 잡히면 모두 죄를 자백할 것이다. 하지만 그는 아무 말도 하지 않는다. 일이 끝나면 이에 관해 이야기하지 않기로 합의했으니까. 다시는 이야기하지 않는다. 다 끝난 일이다.

"나는 그 돈 필요 없어." 멀은 이렇게 말하며 찻잔을 들어 살짝 기울인다. 고마움과 노골적인 거부의 표시다. 사실 모두가 똑같이 위험을 나눠 가진 것은 아니다. 제임스가 훨씬 더 많이 감수했다. 기술자 행세를 하며 현금 인출기를 열어 내부에 컴퓨터를 설치했으니까. 제임스가 돈을 더 많이 가져가는 건 당연한 일이었다. 그는 괴로워하는 멀에게도 그렇게 말해주고 싶다. 정작 제임스는 스스로 위험을 감수하고 몫을 챙긴 것에 만족해하는 눈치다. 심지어 돈을 가진 것보다 위험을 감수한 게 더 큰 즐거움을 준 듯하다.

어쨌거나 다 끝난 일이다. 다 끝났다. 쇼핑센터에서 마지막으로 현금 인출기를 털고 닷새가 지났다. 지금 이 일을 이야기하는 건 전혀 안전하지 못하다. 설령 자기 집 주방일지라도 곤란하다. 문이 활짝 열려 있고, 울타리 바로 너머에 이웃집들이 붙어 있으니까.

이후로 둘 사이에는 많은 말이 오가지 않는다. 멀은 토요일 아침마다 메리를 그림 모임에 데려다주고 나면 그의 집을 방문한다. 한동안은 메리가 몸이 좋지 않아 찾아오지 않았다. 그래서 요즘은 멀의 방문이 일상이 아니라 특별하고 고마운 일처럼 느껴진다. 그래서 그는 떠나는 멀을 대뜸, 조금은 공격적이다시피 꽉 안는다. 그리고 허파가 울릴 만큼 세게 멀의 등을 두드린다. 멀이 그의 뒤통수를 지그시 누르는 게 느껴진다. 마치 힘으로 상대 고개를 숙이게 하려는 것 같지만 밀어내는 힘과는 다르다. 손가락의 악력이 아주 잠깐이지만 어색하고 묘한 위안 같은 것을 준다.

＊

그는 멀과 생각이 다르다. 그에게 그 돈은 신의 선물이다. 어디에 쓸지도 정확히 알고 있다. 그는 게일에게 줄 것이다. 20파운드로는 이거, 10파운드로는 저거, 평생 그럴 생각이다. 아이들에게 줄 것들은 이미

다 유언장에 정리되어 있지만, 그동안 게일에게는 원하는 만큼 줄 형편이 못 되었다. **게일이 원하는 만큼** 아니냐고 멀은 말할 것이다. 둘은 똑같다. 그녀가 원하는 게 그가 원하는 것이다. 그가 그녀를 만난 후로 둘은 어긋난 적이 없었다.

그는 절대 여자를 잘 다루는 편이 아니었다. 대체로 여자가 뭘 원하는지 감을 잡지 못한다. 하지만 게일은 다루기 쉽다. 그녀는 돈으로 살 수 있는 것들을 원한다. 돈이 곧 사랑이다. 그렇다면 그도 할 수 있다. 게일은 다른 여자들이 원하는 것에는 관심이 없다. 확신이나 시간, 멋진 말, 직감, 어느 순간에 무엇이 필요한지를 미리 아는 눈치 같은 것 말이다. 그는 그녀에게 필요한 게 무엇인지 알고 그걸 준다. 그러면 그녀도 그에게 필요한 걸 준다.

오늘 그는 게일이 외출하기 전 켈리가 안 보는 틈을 타 게일에게 20파운드 몇 장을 주었다. 일단은 자기 계좌에 있는 돈을 뽑아서 주었다. 제임스 말에 따르면 은닉해둔 돈뭉치는 사용하기에 아직 안전하지 않다. 그러니 일단 있는 돈을 쓰라고 했다. 그 표정. 기쁨과 고마움과 사랑이 서린, 원하는 걸 얻었을 때 짓는 표정. 애들이 어릴 적 선물을 열어볼 때 표정이 그랬다. 그걸 보았을 때 활짝 열린 그의 마음은 이후로 영영 닫히지 않는다. 현금 인출기가 돈을 뱉어내는 순간에도 그는 그런 느낌을 받아 편안했다. 그가 그녀에게 돈을 줘서 얻는 것과 그녀가 돈을 받아서 얻는 것이 다르지 않다는 느낌 때문에.

쇼핑센터의 그 현금 인출기는 그들에게 5분 만에 1만 8천 파운드를 안겨주었다. 쏟아지던 돈이 멈춘 건 제임스가 제동을 걸어서가 아니라 그가 기계를 다 비웠기 때문이다. 그의 1년 연봉에 맞먹는 돈이었지만, 마지막 현금 인출기가 뱉어낸 금액은 그마저도 훌쩍 뛰어넘었다. 그들은 운이 좋았다. 돈이 든 기계들을 마침 잘 골랐고, 범행을 저지른 시각도 적절했다. 어쨌거나 **그는** 운이 좋았다고 생각한다. 제임스는 철저히 계획을 세우고 약삭빠르게 행동하는 게 가장 중요하다고 생각하지만, 인생이란 실패하는 계획들로 점철되며 그중 몇몇은 굉장한 실패로 이어진다. 결국 결말을 정하는 건 운이다. 제임스가 그걸 깨닫지 못한 채로 40대 중반까지 살아온 게 증거다. 운이 모든 걸 결정한다.

그는 자신이 그런 일을 했다는 게 믿기지 않는다. 그냥 믿기지 않는다. 실감이 나지 않으니 도리어 안심이 되고, 걸리면 무슨 일이 벌어질지에 대해서도 비현실적으로 침착하다. 솔직히 말해 마음 한구석에서는 자신이 그런 일을 하지 않았다고 믿고 있다. 그러나 그의 다른 일부가 끼어들어 그가 무슨 일을 했는가를 상기시킨다. 그러면 그는 스스로 주문을 왼다. 이건 피해자 없는 범죄라고. 범죄를 저질렀는데 피해자가 발생하지 않았으면 범죄자라고 할 수 없다고. 형은 기회를 잡은 거고 사업가와 별반 다르지 않다고, 제임스는 말한다. 형은 기회를 잡은 거야.

그는 게일에게 이 이야기를 꼭 들려주고 싶다. 아내라면 이런 소식을 반드시 그에게 전할 것이다. 5분 만에 1만 8천 파운드를 털었대. **1만 8천** 파운드를. 그는 내심 아내가 이 이야기를 **들려주기를** 기대했다. 지역 신문 같은 데서 소식을 접하게 될지도 몰랐다.

그는 신문이고 뉴스고 모두 멀리했다. 제임스는 자신이 유심히 지켜보다가 꼬리가 잡혀 문제가 생길 것 같으면 알리겠다고 했다. 지금까지는 다른 범죄 사건들처럼 보도되기는 했으나 경찰 수사에 관한 소식은 없다. 제임스 말로는 경찰이 외부적으로는 관심을 기울이는 척하는지 몰라도 정말 은행 강도를 잡느라 자원을 낭비하지는 않을 것이라고 말한다. 은행을 좋아하는 사람은 없으니까. 이건 피해자 없는 범죄니까.

하지만 그가 오늘 멀에게 말하고 싶었으나 말하지 못한 사실은, 그날 아침 쇼핑센터에서 그가 결혼반지를 잃어버렸다는 것이다. 반지는 언제나 그의 손가락에 꼭 끼는 편이었는데, 그날 아침은 더위에 손가락이 조금 부어 하필 반지를 빼서 지갑에 넣어두었다. 현금 인출기 앞에서 지갑을 뒤적거리며 카드를 찾는 척하는 와중에 반지가 떨어진 게 틀림없었다. 쇼핑센터를 빠져나온 그는 기쁜 마음을 게일과 나누고픈 마음에 반지를 다시 끼려 했으나 반지는 없었다.

그는 네 사람에게 말해야 하지만 차마 그럴 수 없다. 그의 DNA 같은 것으로 범벅이 된 반지가 현금 인출기 근처에서 발견된다면, 게임은 끝이겠지? 그러나 반지를 잃어버려 괴로운 이유는 또 있었다. 그걸 생각하면 위축되고 패배감을 느낀다. 그 반지는 게일이 유일하게 사준 물건이다. 값싼 물건이었으나 당시 아내는 전 재산을 털어 반지를 샀다. 5분 만에 1만 8천 파운드를 번 대가로 그가 유일하게 귀히 여기는 물건을 잃어버리다니, 얼마나 우스운 일인가. 그는 게일에게도 말할 수 없다. 왜인지 무섭다. **왜냐면 무서운 여자니까**, 멀은 말하겠지. 하지만 아니다. 게일은 그냥 없이 자란 사람인 거다. 돈과 물건을 잃어버리거나 그런 것들이 부족해지면 겁을 먹고 속상해한다. 그뿐이다.

그나저나 어쩐다? 쇼핑센터의 분실물 보관소로 가서 저번 주에 현금 인출기를 털다가 결혼반지를 잃어버렸다고 말할 수는 없다. 쇼핑센터로 돌아가거나 그 근처에 가는 것조차 엄두가 나지 않는다. 당장은 그렇다. 아마 영영 못 갈지도 모른다.

사랑의 증식. 아까 라디오3에서 이런 표현을 들었다. 그는 라디오를 듣고 있는 게 아니었다. 노래 사이에 나오는 말소리는 원래 듣지 않는다. 노래가 아니지. **작품. 교향곡.** 아무튼. 그는 게일과 켈리가 외출한 후로 식탁에 앉아 있었다. 그리고 은제 촛대를 닦던 엄마를 생각했다. 촛대는 결혼 전 엄마가 가진 유일한 물건이었다. 좁은 임대주택의 세간으로는 어울리지 않았다. 라디오에서 **사랑의 증식**에 관해 이야기하던 순간에 그는 그걸 생각하고 있었다. 그런데 그 표현이 그를 낚아챘다. 잠깐이지만 사방이 은빛으로 물들었다. 촛대와 그 표현에서 번진 빛이었을까. 잘 이해가 가지 않았지만, 그는 음악을 감상하듯 어떤 느낌을 받았다. 그 은빛 어딘가에 게일이 있는 것처럼 느껴졌다. 웨딩드레스를 입은 그녀의 실루엣이.

그러다 〈르네상스 페라라의 여성들〉의 합창이 시작되었고, 그는 대성당에 있는 공상에 빠져들었다. 평소 그는 공상에 젖는 유형이 절대 아니었다. 마침내 초인종이 울렸고, 그는 머리를 가로저으며 일어나 멀을 맞이했다.

—

새벽 다섯 시:

밤의 물결이 모여 파도가 된다. 할 수 없어, 할 수 없어, 감당 못 해, 계속 못 해. 너무 많은 밤을 지새웠고 너무 많은 어둠과 외로움을 겪었어. 할 수 없어. 나는 나도 모르는 새 아래층으로 내려와 서성인다. 실성한 듯 몸을 떨고 머리카락을 잡아당기고 나의 진북true north을 찾아 핵핵 돈다. 나의 진북이 거실에 나타난다. 그가 놀랐지만 여전

히 잠에 취해 내 손목을 붙든다. 쉿, 괜찮아. 괜찮아. 다 괜
찮아. 아무 일도 없어. 소리 지르고 싶다. 나는 소리를 지
른다. '싫어'는 내 머리가 기억하는 유일한 말인 듯하다.

전부 싫어.

싫어.

∞

다음 날, 무기력하고 부은 눈으로 소파와 일체가 된 내 안에서 공황이 느리게 물결치며 움직인다. 그가 말한다. 내가 그 유명한 플라밍고 댄스를 보여줄게.

그러더니 한 팔을 위로, 다른 팔을 뒤로 젖힌 채 어깨를 들썩이고 무릎을 구부리며 이상하게 걷기 시작한다. 이 기묘하고 나긋나긋한 형체가 내 눈앞을 활보한다. 진짜 어이없어, 하고 나는 말한다. 내 안의 어둡고 무력한 일부는 즐거움을 마다한다. 그러나 혼탁한 내면에서부터 기쁨 방울이 떠올라 조용히 웃음이 되어 터진다.

∞

내 자아는 파편들로 이해된다. 내 자아는 흩어진 조각이다. 거울을 보면 내가 낯설다. 내가 쓴 글을 보면 내 영혼을 소개받는 느낌이다. 매번 처음 만나듯. 늘 맘에 드는 것은 아니다.

나는 나를 암호로 안다. 나는 내가 엄마의 촛대 때문에 괴로운 동시에 매료되었다는 걸 안다. 이 책에 촛대를 등장시켰고 책 속 이야기에도 등장시킨 걸 보면 말이다. 30년 동안 줄곧 잊고 살다가 〈그대 마음속의 풍차〉를 떠올린 순간 그 노래와 함께 촛대가 떠올랐다. 현실에서 둘은 전혀 엮일 일이 없을 테지만. 그러다 방금 내가 지어낸 이름 없는 은행 강도가 자기 엄마 촛대를 두고 대뜸 아쉬워한다. 내가 만들어낸 인물에게 내 인생 일부를 빌려준다는 것은 내가 그 시간을 이해하려고 노력하고 있다는 뜻이다. 어쩌면 인물이 나를 대신해 그걸 해석해줄 지도 모른다. 물론 아닐 수도 있다. 그래서 지금 그걸 이해했느냐고? 아니. 그렇게 쉬운 일이 아니다. 글쓰기는 꿈꾸기와 같다. 모든 꿈을 해석할 수 있는 건 아니다. 게다가 모든 해석이 옳지도 않다. 또 모든 해석이 흥미롭지도 않다. 그리고 어차피 꿈이란 건 독자적으로 존재한다.

글쓰기는 꿈꾸기와 같다. 불과 2년 전쯤 깨달은 사실이다. 글쓰기는 자각몽이다. 의식에 한 발을 담근 무의식이 꿈의 자의성을 딱 적당한 만큼만 활용한다. 글쓰기가 무의식에 의존한다는 말을 자주 들었지만, 내가 볼 때 그건 사실이 아니다. 글쓰기가 **곧** 무의식이며, 그것이 의존하는 것이 의식의 영역이다.

꿈속에서 무의식은 깨어 있는 삶에서 일어나는 것들, 우리를 괴롭히는 감정, 두려움, 욕망 같은 것들을 여러 방식으로 표현하고 각색하고 상징한다. 그럴 때 꿈은 놀라울 만큼 창조적이며 의미심장하다. 메타포를 사용하는 데 거침이 없고, 세세한 부분에 절대 얽매이지 않으며, 불필요한 것에 굳이 공들이지 않는다. 형언할 수 없는 것도 꿈에서는 실현된다. 나는 수심이 1인치밖에 되지 않는 수영장에서 수영하는 꿈을 꽤 자주 꾼다. 말이 되지 않게도 한참 만에야 수심이 1인치밖에 되지 않는다는 걸 깨닫지만, 나는 계속 수영한다. 이 꿈에서 포착되는 감정은 나에게 내밀하게 다가온다. 복잡하지만 구체적인 여러 감정을 압축한 것으로, 정확히 표현할 수는 없으나 허무함, 절망, 고집과 관련이 있으며 다른 메타포로는 완벽히 포착할 수 없다. 만일 글을 쓰는 데 정확히 이 비율대로 섞인 감정의 메타포를 찾아야 한다면, 나는 이 메타포를 붙들고 기뻐할 것이다.

정말 그렇다. 어떤 날은 글을 쓰다 보면 의식을 거치지 않고 곧장 무의식에서부터 문장이 길어 올려진다. 황금 또는 황금빛의 침전물이 말들을 통해 흘러나온다.

내 머릿속은 불협화음이다. 유용한 생각을 하나 하면 그때마다 무용하고 반복적인 생각이 400개씩 튀어나온다. 그리고 무용하고 반복적인 생각의 상당수는 유해하다. 해야 하는 것들과 하지 말아야 하는 것들. 자아의 적출. 타인의 적출. 공포. 후회. 질책. 해묵은 논쟁. 그 모든 것이 편집되지 않은 지껄임으로 찾아든다. 계속해서 터지고 흐트러지는 폭죽처럼, 터지고 흐트러지며. 편집되지 않아 읽을 수 없고, 그래서 완전히 받아들일 수 없다. 그저 머릿속에서 계속되는 이 갈라짐과 번쩍임과 폭발.

머릿속이 불협화음이라면 무의식은 조용한 극장이다. 의식의 영역에서 온 배우들, 두려움, 욕망, 해야 하는 것들과 하지 말아야 하는 것들, 이들이 주연 배우진이 되어 의상을 빼입고 다시 등장한다. 이들에게는 색깔, 실체, 감정, 말투, 근조직이 있다. 이들은 암호와 상징과 왜곡의 모습으로 나타나며, 내 본질이 무엇이든지 모두 그것을 가리키고 있다. 내 본질이 무엇이든지.

해야 하는 것들과 하지 말아야 하는 것들. 자아의 적출, 심판과 두려움과 분노 그리고 후회. 마음은 폭군이다. 당신이 하지 않은 것을 해야 한다고, 한 것을 하지 말아야 한다고 말한다. 마음은 닌자다. 글을 쓸 때 이런 건 하나도 중요하지 않다. 해야 하는 것들과 하지 말아야 하는 것들이 없고 자아라는 것도 딱히 없으니까. 인식의 장소라는 것이 있어서, 글자들이 그 유령 같은 곳에서 일어나는 것들을 제법 신비롭게 포착하고, 그 작은 풍경을 어루만지는 손길이 있는 듯하다.

글쓰기가 내 삶을 구원했다. 지난해에 글쓰기는 잠자기 다음으로 최고의 일이었다. 가끔은 자는 것보다 좋았다. 글을 쓸 때 나는 제정신이며 신경이 안정된다. 나는 제정신, 제정신이다. 행복해진다. 글을 쓸 때 다른 건 하나도 중요하지 않다. 내가 쓴 글이 형편없더라도 그렇다. 나는 닫혀 있지 않고 모호한 무의식의 무형에서부터 출발한다. 나는 그것을 대략 '나'라고 부른다. 그것은 아무것도 아니며 어디에도 존재하지 않는 것, 그저 형태들이 움직이는 침묵으로만 정의할 수 있다. 그리고 말들. 사물에 갑옷을 입히는 말들. 조직하는 것, 혼란을 마냥 없애려 드는 게 아니라 변두리로 몰아 다스리면서 무한과 엔트로피의 문제를 없애는 것은 위안을 준다. 완전함이라는 환상을 제시한다는 것이 말이다. 그리고 어찌 된 일인지, 나는 내가 만들어낸 말들 속에서 나를 보기 시작한다. 수많은 말들의 세상에 흩어져 자유로운 내 모습을.

한 번은 밤에 난데없이 이런 구절이 떠올랐다. **사랑의 증식**. 이유 없이 이 구절이 머릿속을 맴돈다. 아마 이게 글쓰기의 정의인 것 같다. 마음은 아주 다양한 순열과 배열로 생각과 믿음을 내뱉는다. 그리고 우리는 우리 마음이 만들어낸 것들의 노예가 된다. 마음은 감옥이다. 글을 쓸 때는 소음이 정제되고 변환되며, 자아가 탈출구를 발견한다. 그게 사랑이 아닌가 싶다. 자아가 자아로부터 탈출하는 것.

∞

"깨어 있을 때는 침대에 계속 있나요?"

"가끔은 침대 밖으로 나가는데 도움이 되지는 않아요. 깨어난 사실에 화가 나요. 깨어 있기 싫은데, 자고 싶은데. 거실은 밤에 큰 거미가 나와요. 큰 거미가 있는 거실에 있고 싶지 않아요. 나는 자고 싶어요."

"깬 채로 침대에 누워 있으면 안 돼요. 수면 위생이라고 들어봤어요?"

"들어봤어요."

"수면 위생은 잠자는 습관을 최대한 차분하고 꾸준하게 만드는 데 중요해요. 정해진 시각에 잠들고 일어나고, 밤늦게 컴퓨터나 휴대전화 스크린은 멀리하세요."

"네, 수면 위생 알죠."

"실내는 어둡고 조용하게―"

"다 아는데, 내 방은 어둡거나 조용할 수 없어요. 도로변에 살거든요. 그래서 방으로 가로등 불빛이 들어와요. 차도 늘 다니고."

"암막 블라인드는 어때요?"

"이미 있어요."

"암막 블라인드는 진짜 효과가 좋아요. 귀마개는요?"

"귀마개를 고려해봤냐고요?"

"소음 때문에 고민이라면—"

"그게 내 문제인지 모르겠네요. 귀마개에 대해 충분히 고민하지 않았다는 것."

"그리고 깬 채로 20분 넘게 침대에 누워 있지 말아요. 침대는 수면과 성교만을 위한 장소예요. 그냥 누워 있는 건 안 돼요. 너무 늦은 시각에 뭘 먹지 말아요. 정오 후로는 술도 카페인도 안 돼요. 설탕을 줄이고, 저녁 7시 이후로 격한 운동은 금지예요. 눕기 전 따뜻한 물로 목욕하면 좋은데, 너무 뜨거운 물이면 안 되고 눕기 직전에 하는 것도 권하지 않아요. 방은 시원하고 공기가 잘 통해야 해요."

"다 하는 것들인데, 소용이 없던데요."

"꾸준히 하면 효과 있을 거예요."

“꾸준히 했는데도 그래요. 나는 답이 없나 봐요.”

“세상에 그런 사람은 없어요.”

“내가 그래요.”

“그런 사람은 없어요.”

∞

15년 전 호주에서 밤에 혼자 집으로 걸어가다가 노숙자에게 공격을 받았다. 노숙자는 정체 모를 물건으로 내 머리를 가격했다. 나는 지금 생각하면 하지 말아야 할 행동을 했다. 머리를 손으로 감싸 쥐고서 근처 관목 숲의 작은 공터로 피신한 것이다. 공격을 끝낸 노숙자는 달아났고, 나는 숲을 빠져나와 택시 승강장으로 달렸다. 인적 드문 소도시에서 도움을 청할 곳은 그곳뿐이었다.

머리를 감싸 쥔 채 벤치에 앉아 구급차를 기다렸다. 시뻘건 피가 손을 적셨고, 청바지를 입은 허벅지를 물들였고, 신발에까지 뚝뚝 떨어졌다. 이해할 수 없었다. 머리에서 이만큼의 피가 쏟아지고 있다는 건 죽음을 의미했으니까. 그런데 나는 아직 살아 있었다.

15년이 지난 지금, 나는 밤에 억지로 이 기억을 떠올리고 있다. 객관적으로 나쁘고 무시무시한 기억을 떠올리면 마음이 불안을 잊고, 마구 뛰는 심장이 침대에 안전히 누워 있는 게 얼마나 행운인지 깨달으리라는 게 내가 세운 가설이다. 정수리에 길게 남은 흉터를 생각하면 나를 돌보게 되고, 벽에 머리를 찧고 싶은 충동에서 멀어질지도 모른다. 머리를 다치는 건 평생 한 번이면 충분하다. 한 번이면. 그 귀한 머리를 잘 대해주어야지. 금속 고정물이 뼈를 붙들고 있는 손도 마찬가지다. 그리고 그때의 기억을 재생하다 보면 15년 후 불면증이라는 이름으로 출현한 증상의 근원을 찾을 수 있을지도 모른다. 어두움에 대한 두려움, 잔존해 있는 위기감, 공격당할지 모른다는 걱정 때문에 내가 경계를 늦추지 못하는 것이라면?

그러나 수확은 없다. 그 기억은 분석을 비껴간다. 그날 공격당한 기억은 재생할수록 점점 희미해지고 싱거워진다. 그냥 하나의 이야기가 된다. 실은 사건이 일어난 직후에도 나는 그걸 이야기 이상으로 받아들이는 데 실패했다. 나는 병원에서 권한 상담을 받았다. 호주에 친구가 없었으니 나에겐 그게 유일하게 누군가와 함께 있을 기회였다. 의료진은 부러져 재건한 손과 붕대 감은 머리를 살피면서 내가 트라우마를 받았을 것이라고 했다. 나는 진심으로 그렇게 생각하려 했으나 결국 그렇지 않다고 시인할 수밖에 없었다. 그보다 나는 다시 그림을 그릴 수 없고 테니스를 칠 수 없을까 봐 걱정되었다. 그전까지 평생 테니스라고는 네 번 쳐본 것이 다였으니, 그런 걱정은 조금 이상했다.

느낌이 느껴진다고, 나는 말했다. 멍한 느낌이 느껴진다고. 의료진은 처음에 멍한 느낌이 드는 건 자연스러운 반응이라고 했다. 그것도 트라우마의 한 부분이라고. 나는 아니라고, 이건 다른 느낌이라고 대답했다. 그렇게 멍한 느낌이 아니라, 하얗게 바랜 것이라고. 나는 하얀 느낌을 받는다. 하얀 느낌.

그때 그 사건을 생각할 때마다 이 백화白化가 찾아온다. 나는 그 경험이 회색이나 검은색으로 변하기를 기다렸지만, 이제는 그러지 않으리라는 것을 안다. 용의자들을 한 줄로 세워놓은 사진을 보고 범인을 지목해야 했을 때 나는 놀랍게도 단번에 그를 알아보았는데, 그때도 하얀 느낌이 들었다. 범인이 감옥에 갔다는 소식을 들었을 때도 그랬다. 그냥 하얬다. 나는 그를, 또는 다른 무엇을 단죄하거나 혐오할 수 없었다. 마치 내 안에 보편적 선의라고 할 수 있는 게 있는 것처럼. 엑스터시에 취해 평화롭게 관목 한 그루를 바라보았던 저녁과 조금 비슷했다. 나를 빼고 모두가 춤을 췄다. 나는 찌는 듯 더운 8월의 어느 날 일본풍 정원에서 다섯 시간 내내 작은 다리에 앉아 부디 저 관목이 행복하기를 빌었다.

그 느낌은 뒤에 가려져 보이지 않는 태양 빛을 고르게 받은 구름이 걸린 하늘처럼 하얗다. 환하게 하얗지만 텅 비어 있지 않다. 그 느낌은 곧장 내면에 꽂힌다. 따뜻하고, 하얗고, 변치 않는 느낌. 더 이상은 측량할 수 없을 것이다. 이 백화는 타협을 거부하며, 부서지지 않고, 스스로를 설명하지 않는다. 나는 이미 오래전 이해를 포기했다. 선의라는 말은 반쪽짜리 표현에 불과하다. 그나마 그 중심에 가닿을 수 있는 말은 오직 사랑뿐이다.

∞

사촌 사이인 소녀와 소년이 뒷마당을 어슬렁거리고 있다. 둘은 적진을 감시한다고 월계수 밑에 웅크려 있다가 노르웨이가문비나무에다 질릴 만큼 공을 튀기며 놀았고, 테라스 바닥에 벌레들을 일렬로 놓고 울새를 기다리는 것에도 흥미를 잃었다. 울타리 기둥에 올려놓은 돌을 10미터 떨어진 곳에서 맞혀 떨어트리는 놀이도 오늘은 되지 않는다. 할아버지의 채소 텃밭에 나 있는 밝고 무성한 오솔길은 이미 너무 많이 다녔다.

딴 거 하고 놀자, 둘은 이렇게 말하지만 마땅히 떠오르는 놀이가 없다. 그래서 개암나무 가지로 딱총을 만들고 거기에 달팽이 두어 마리를 묶어 담벼락 너머로 쏘아 보낸다. 조금은 무기력하게, 그리고 달팽이들한테 미안해하며.

바로 그때 키가 크고 검은 옷을 입은 사람이 낫을 들고 등장해 말한다. 자기가 아는 놀이가 있단다.

정말요?

그래. 규칙이나 목적은 말해주지 않을 거다. 그래도 너희는 놀이를 해야 해. 어차피 규칙도 목적도 없지만 계속해서 뭔가 잘못되었다는 느낌을 받을 거야. 그리고 놀이가 끝나면 너희는 둘 다 죽을 거다. 괜찮겠니?

괜찮지 않은데요.

괜찮겠어?

아니—

좋아! 시작하자, 애들아.

그 사람은 슬그머니 사라지고, 소녀와 소년은 엉겁결에 놀이를 시작했다. 규칙도 목적도 모르지만 둘에게 선택권은 없는 듯했다. 여름의 하늘이 짙은 가을과 성긴 겨울을 지나, 봄에 고양되어 여름으로 퍼져나갔다. 두 사람은 같은 놀이 패턴을 몇 년이나 반복했다. 이제 성숙해진 두 사람은 어린이의 싱그러운 마음으로는 절대 헤아릴 수 없었던 죽음이라는 개념을 이해했다. 그리고 둘은 한마음으로 궁금해했다. 그날 자신들을 찾아온 건 죽음이었을까? 지금 생각해보면 나는 정말로 그때 낫을 보았는데—

멀리 떨어진 태양이 소년의 흉진 뺨과 소녀의 흉진 손을 발그레하게 달구고, 자신의 위엄으로 질문을 무색하게 만든다.

수년이 흘러 이제 지혜로워진 두 사람은 한마음으로 태양을 이해하게 되었다. 자신들의 얼굴과 손가락에 희망찬 온기를 주었던 그때 그 태양이 사실은 전혀 정직하지 않았음을. 태양은 100억 년 생을 사는 중이 아니었던가? 우리에게 온기를 주었던 건 수소를 태워 헬륨을 만들기 때문이 아니었던가? 언젠가 수소가 다 떨어지면 쪼그라들어 죽지 않을까?

삶을 긍정하는 것 자체가 죽음에 이르는 역동적인 과정인 것 아닐까? 소녀가 물었다.

열받아, 그리고 속은 기분이야, 소년이 대답했다.

소년은 자전거를 타고 112킬로미터를 달렸다.

∞

사랑, 사랑, 슬픔, 모두 꼭 껴입는다. 당신의 새아빠는 갑자기, 너무 일찍, 크게 고통받다가 세상을 떠났다. 그리고 당신의 두 할아버지, 할머니, 삼촌, 사촌, 친구의 친구들, 가족의 친구들, 개 다섯 마리와 고양이 두 마리. 이게 다다. 당신은 운이 좋았다. 행운, 고통, 사랑, 슬픔, 삶, 사랑, 상실, 모두 하나로 꼭 껴입는다. 당신이 겪은 몇 차례의 유산, 대부분 몸에 찾아온 고통, 담요 속에서 보낸 크리스마스까지, 어린아이처럼 꼭 껴입는다.

한 아이가 스트랫퍼드의 작은 집에서 판이 뒤집히는 경험을 한다. 집은 싸늘하고 어둑하며, 드러난 들보 위로 지붕이 짚으로 덮여 있다. 지금은 수학여행 중이다. 속을 비틀어 짜내고 죽음이 톡톡 두드리는 느낌이 드는데 주변에 말할 사람이 없다. 수학여행을 하다 죽는다니, 지역 신문에 실릴 일이었다. 이후 마주한 피와 수치심, 생리대라는 물건, 그리고 아침만 해도 아이였는데 난데없이 여자가 되어버린 것의 당혹스러움. 준비되지 않았어, 준비되지 않았다고! 준비되지 않은 채 쿵쿵거리며 계단을 내려가 TV를 켜고 분노를 삼키며 연속극 〈댈러스〉를 본다.

20년이 넘는 세월을 껴입는 동안 더 많은 피를 본다. 인생이 피, 피, 피의 연속이다. 크리스마스에 본 회색 얼룩. 아, 그럼 잃은 거네. 준비가 되어 있지 않았으니까. 놀랄 일은 아니었다. 당신 안에서는 한 번도 모성애 욕구가 일었던 적이 없었다. 그러니 당신의 의심과 두려움을 알고 그게 슬그머니 다 사라져버린 건 놀랄 일이 아니었다. 당신 안은 이미 자아로 차고 넘쳐서 다른 자아가 들어설 공간이 없다. 그 공간은 다른 누군가를 위해서보다 늘 당신 자신을 위해 필요했다. '엄마'는 참 이상한 단어다. 바위를 연상시킨다. 바위가 되고 싶지 않아. 계속 움직이고 싶어, 밀물과 썰물처럼. 누군가에게 인생이라는 짐을 지우고 싶지 않아. 인생의 무게를 느낀다. 가끔은 버겁고 가끔은 그럭저럭 견딜 만하다. 그러한 부침의 끝맛은 좋지 않다. 죽음. 결국 죽음에 이를 것은 만들고 싶지도, 사랑하고 싶지도 않다. 그러니, 앞으로도 계속해서 더 많이 글을 쓰고, 말들의 무한함에서 위안을 얻을 것. 당신은 비행기를 조종하는 자다. 세상을 기울일 수도 있다.

6년이 더 지나서야(달걀을 세듯 시간을 센다) 당신은 깨닫는다. 속았구나! 그저 모두 애석한 불행. 질문 자체가 장난질이고 엉터리였다. 할래 안 할래? 할 수 있어 없어? 응 아니. 준비됐어 안 됐어? 엉터리, 난장판. 그건 한 번도 선택이었던 적이 없었다. 결코 당신이 선택하는 게 아니었다. 그동안 무슨 일이 일어난다고 생각했던 거야, 그런 몸에, 골반과 자궁에, 그 피는, 뭐라고 생각했어? 30년이 넘게 매달 굉장한 모험을 위해 짐을 꾸리는 사람처럼 새 생명을 품을 준비를 하면서 무슨 생각을 했던 거야.

당신이 보기에 그것은 투지이고 실제로는 고집이다. 30년 동안 외쳐온 목소리다. 됐어요, 라고 당신은 말하지만 그것은 대답을 요구한 적이 없었다. **됐다니까!** 당신은 와르르 분노에 휩싸인다. 셰익스피어의 아내가 될 사람의 테이블 앞에 어릴 적 당신이 있다. 그리고 어른이 된 당신은 당신의 것인 비행기를, 아니, 당신의 것인 줄 알았던 비행기를 비스듬히 기울이다가 말들의 공습을 당한 조종사다. 당신은 생각한다. 어쩌면, 당신 운명은 애를 낳는 게 아니라 자신을 만들어내는 것, 말들로 자신을 낳는 것이 아니었을까. 더없이 셰익스피어스러운 곳에서 여자의 삶을 시작했으니, 어쩌면 당신 운명이 펼쳐질 배경에는 인형과 기저귀와 책가방이 아니라 말들이 있는 것 아니었을까.

이건 거드럭거리는 느낌과 다르다. 희망에 더 가깝다. 거의 읽지도 쓰지도 못하는 건설 노동자의 딸. 아빠가 처음 읽은 책은 당신이 처음 쓴 책이었다. 그걸 읽느라 1년을 고생했다. 이후에 읽은 책들도 모두 당신이 쓴 책이다. 아빠는 독하게 마음을 먹고 더듬더듬 읽는다. 이와 같은 사랑 앞에서 당신은 압도되어 쓰러진다. 아빠는 자랑스러워하고 경외한다. 딸이 자신은 이해할 수 없는 것들을 글로 쓰는 것이 자랑스럽고, 그걸 이해할 수 없기에 경외한다. 어떻게 글을 배운 걸까. 당신의 뼈에는 핀더스 크리스피 냉동 팬케이크와 봉지째 끓이는 카레가 더 많이 흐르는데. 당신의 읽을 거리는 〈더 선〉이었고, 당신 아빠는 날마다 거기 실린 가슴 사진을 못 본 척하기 바빴는데. 어떻게 당신이 소설을 다섯 편이나 썼을까? 열두 살의 당신이 앤 해서웨이의 주방에 있다. 판이 뒤집히고 운명이 드러난다. 성년이 된 순간. 여자가 되고 어른이 된 것의 목표는 아이가 아니라 말들을 만드는 것이다. 당신은 그렇게 생각하게 되었다.

그렇게 소설 다섯 편을 썼다. 생각해봐, 무슨 생각이었던 거야? 말. 말! 고작 말들을 위해 그 많은 피를 흘렸다고? 너 정말 몰랐어? 그건 선택이 아니다. 엄마가 된다는 건 선택의 문제가 아니다. 그게 당신을 선택한 것이다. 당신의 XX 염색체가 처음 모습을 드러냈을 때부터 그랬다. 셰익스피어나 판이 뒤집히는 것과 아무 관련도 없었다. 그건 그보다도 오래전, 13년 전에 결정된 일이었다. 당신은 거절할 수 없는 제안을 거절했다. 몸이 이미 결정한 문제를 머리가 결정하게 두었다. 당신의 잘못은 아니다. 아무도 당신을 준비시켜주지 않았을 뿐.

모두가 하는 일을 할 겨를이 없었다. 한 번도 휴대전화를 가져보지 않았다. 언젠가 다들 텔레파시를 주고받게 될 때쯤 한 대 장만하게 될지도 모르겠다. 모성에 쏟아지는 찬사, 부른 배, 새 생명의 탄생, 모유 수유, 생일, 지루함, 축복 같은 것들에도 결코 넘어가지 않았다. 어머니 자연, 어머니 대지, 성모 마리아, 만물의 어머니. 엄마. 이런 꿈들에 도통 마음이 가지 않는다. 한쪽으로 치워둔다. 당신은 당신 인생을 형성하는 데도 관심이 없다. 인생의 모양은 남아 있는 것, 이 새로운 창조물에 의해 생긴 네거티브 공간negative space으로 정해진다. 네거티브 공간이 되어 자기 빛에 가려질 것. 당신은 그렇게 생각했고, 그래서 인생을 형성하지 않았다.

그리고 죽음, 죽어감, 떠남과 남겨짐을 과하게 생각했다. 조카들을 향한 (맹렬하고 깊은) 사랑을 근거로 자기 아이에게 향할 (더욱 맹렬하고 분명 호랑이 같은, 견딜 수 없을 만큼 뜨거울) 사랑을 가늠했다. 그리고 사랑을 근거로 상실을 가늠했다. 그런 일은 너무 자주 일어나니까. 과한 생각. 인생은 힘들다. 참 이상한 선물이다. 그리고 높은 확률로 모진 선물이다. 누군가에게 인생을 주는 사람이 되겠다고 선택하는 건 내 권한이 아니다. 내 권한이 아니라고, 당신은 생각했다. 그러자 인생이 말했다. 그러면 누가 주는데? 당신 권한이 아니면 대체 누구의 권한이지? 내 권한이 아니라고, 당신은 또 대답했다. 당신답게 공정하고 꿋꿋하게.

시간이 흘렀다.

썰물이 나가고 남은 자리에서 당신은 무엇을 할 것인가? 뭐가 남았지? 말들이 있다. 과거는 줄줄이 목 매달린 시체들이다. 불면의 밤들. 왈왈 짖는 개. 여름을 떨쳐내는 호두나무. 아침 안개. 하얗고 밝은 하늘은 텅 비어 있는 게 아니다. 하얀 느낌. 과도한 백색. 다 쓰이지 않은 채로 과하게 분열한, 두 번의 키스XX로 이뤄진 여성 염색체. 썰물이 밀려나간 자리에 이것들이 있다.

선택이라고 당신은 생각했다. 받아들이거나 말거나의 문제? 당신 잘못은 없다. 당신은 몰랐으니까. 유전자로 정해진 걸 떠날 수는 없다. 자신을 저버릴 수는 없다. 잘 봐. 당신의 썰물이 밀려나가고 있다. 남은 건 하얀 하늘이다. 후광이 비치듯 무척 밝다. 이제 그걸로 뭘 할 것인가? 그 백색으로 무엇을? 사랑보다 더 나은 말은 없다. 사랑, 슬픔, 상실, 사랑, 삶, 사랑, 모두 꼭 껴입는다. 이제는 거부할 수 없다. 너무 많아서 양손에 가득 차고 쏟아부을 공간까지 부족하다. 당신은 거부할 수 없는 것을 거부했다. 그래서 이제 뭘 할 것인가?

∞

"베개에 라벤더 향을 뿌리는 건 어때요?"

"라벤더 향 같은 건 소용없어요."

"시도한다고 손해 볼 건 없어요."

"달밤에 너도밤나무 낙엽에서 뒹군다 해도 손해 볼 건 없죠. 문제는 그게 효과가 있냐는 거 아닌가요."

"긍정적인 태도가 중요해요."

"정말요?"

"부정적인 생각에 빠져들면 안 돼요. 미신처럼 들릴 수 있지만, 잠들기 전 우유가 든 음료를 데워서 마시면 좋아요. 마음을 편안하게 해주고, 자신에게 일종의 친절을 베푸는 행위랄까요."

"꼭대기 층 창밖으로 뛰어내리는 것도 친절을 베푸는 행위로 쳐주나요?"

“이 상담이 도움이 되고 있다고 생각하나요?”

“네.”

“그러니까, 라벤더 향을 뿌려보시고, 긍정적인 태도로 집중해보세요. 깬 채로 침대에 있으면 안 된다는 거, 잊지 말고요. 그럴 때는 일어나서 간단한 일을 해보세요. 식기 세척기에서 그릇을 뺀다거나. 다리미질을 한다거나. 지그소 퍼즐을 맞춘다거나. 건전하고 가벼운 행동요. 알았죠?”

∞

내 집에는 식기세척기도, 다리미도 없는데. 다리미는 하나 있었지만 어디에 뒀는지 까먹었다.

런던탑 기념품. 나무에도 담벼락에도 비현실적으로 양귀비꽃이 깔려 빨간 호수를 이룬다. 뒤편의 런던 스카이라인은 꿈 같다. 4.99파운드에 파는 퍼즐은 세이브더칠드런 중고품 가게 물품치고 제법 비싸지만, 하나하나 분간할 수 없게 새빨간 조각들이 내 마음을 끌었다. 무익하고 소소하게 오랜 시간을 보낼 수 있다는 뜻이었으므로. 마저리 켐프 또는 노리치의 줄리안°처럼 경건한 자의 겸허함과 순종적인 용기를 끌어모아 새벽 두 시 반, 거실 바닥

°　두 여성 모두 14~15세기 영국에서 신비로운 영적 체험을 기록으로 남겼다.

에 자리를 잡는다. 액자 하나를 뒤집어 그 위에 퍼즐 조각 500개를 쏟고 귀퉁이 조각을 찾는다. 빨간색 귀퉁이는 여기, 회색과 파란색이 섞인 귀퉁이는 저기. 귀퉁이 조각이 아무래도 충분하지 않다. 한참 모자란다.

런던탑 기념품 나무 퍼즐 시리즈는 모두 전쟁을 주제로 하며 참신한 조각들을 일부 선보인다. 이를테면 소총 모양 조각이나 병사 모양, 장화 모양 조각을 찾아볼 수 있다. 아니면 헬멧과 탑과 말 모양. 나는 내 인생이 새벽 두 시 반에, 거킨 빌딩° 퍼즐에 장화 모양 조각을 끼워 넣는 꼴이 될 줄은 몰랐다. 가끔은 현관 매트에 떨어진 엽서처럼 나와 전혀 무관한 순간이 인생에 찾아올 때가 있다. 나는 그런 순간들을 살아가는 나를 볼 수 있다. 참 이상한, 또는 재미없는 순간들을.

새벽 세 시, 네 시, 밤마다 양귀비 바다가 합쳐지고, 밤은 허물어진다. 나는 대여섯 시가 되어서야 침대로 향한다. 기운이 없다. 세상이 곰을 사육하는 구덩이 같다. 모두 참호에서 목숨을 잃었지. 우리는 양귀비를 달고 계속 전

° 런던의 금융 지구 시티오브런던에 있는 오이 피클Gherkin 모양의 고층 빌딩.

쟁터로 간다. 다음 날 밤에는 **템스강 변**이라고 제목이 붙은 두 장짜리 퍼즐을 맞춘다. 하나는 윈저성을 조악하게 묘사한 그림이고, 다른 하나는 역시 조악한 말로Marlow 마을의 풍경화인데 둑과 다리가 있고 교회 위로 놀랍도록 비현실적인 무지개가 그려져 있다. 조각들을 다 펼쳐놓아도 도무지 귀퉁이 조각들이 눈에 띄지 않는다. 하지만 두려워할 이유는 없다. 세이브더칠드런 직원들이, 기증받은 퍼즐 조각이 모두 온전한지 다 세어놓았을 테니.

실내 전등이 은은히 주변을 밝히고 어두운 밖에서는 눈이 내리고 있다. 거실 온도는 14도다. 나는 이 돌봄에 사로잡힌다. 누군가 조각들을 세어놓았다. 누군가 돈도 받지 않고 아무도 실망하지 않도록 퍼즐 조각들을 세어놓았다. 그렇기에 이 세상에 실망이 덜해질 것이다. 어쩌면 이 세상은 곰 구덩이가 아닌지도 모른다. 나는 화려한 무지개와 교회 뾰족탑과 다리 난간을 조각 맞춘다. 그러자 마을이 나타난다.

∞

그레이트브리튼 다리들, 그레이트브리튼 베이킹 대회, 그레이트브리튼 사람들.

그레이트브리튼 사람들이 말하였다!

문법 주의: '그레이트브리튼'의 '그레이트'는 여러 구성국을 일컫는다. 그레이터맨체스터가 대도시를 이루는 도시 자치구 연합인 것과 같다. 여기서 형용사인 '그레이트'는 '인접 지역을 포함한', '통합한' 또는 '커다란'을 의미한다. 그레이트플레인스나 그레이트배리어리프처럼. 그런데 요즘은 이 형용사가 조금 달라져 '평균 이상의', '가장 중요한', '아주 좋은', '훌륭한'과 같이 주관적인 의미도 지칭한다.

그레이트라는 단어의 변화는 미묘하고 가벼운 혼란, 언뜻 무해해 보이는 말장난이다. 그런데 이 단어가 국가에 관한 아주 구체적인 개념 두 가지를 가리키는 데 활용되기 시작한다. 하나는 제국의 기교를 떠올리게 한다. **그레이트브리튼 다리들, 그레이트브리튼 철도 여행.** 또 하나는 전시戰時의 시대 정신, 예스럽다고 할 수 있는 공동체의 화합을 연상시킨다. 이를테면 **그레이트브리튼 베이킹 대회, 그레이트브리튼 바느질 모임, 그레이트브리튼 주말농장 챌린지.** 물론 참 좋은 시도다. 우리의 화려한 과거를 기리고 함께 어울리는 게 뭐 어때서? 차와 체크 무늬 식탁보와 깃발과 디기탈리스 꽃이 피어나는 여름과 깊고 합당한 보수주의 국가를 기리는 게 왜? 팀 브리튼. 뭐 어때? 이것은 결백하며, 국가 정체성을 가지고 기리는 것은 마땅히 해야 할 일이다.

하지만 '그레이트'라는 단어 뜻을 바꾸는 것은 분명 교활한 짓이다. 다 늙어 한숨 쉬는 국가를 동네 삼촌처럼 친근하고 향수를 자극하는 동시에 우월한 국가로 광고하는 〈데일리메일〉의 방식을 가만히 따라, 자신보다 못한 조카들에게 호의를 베푸는 양 군다. '그레이트'가 정확히 무엇을 형용하는지는 불분명하다. 행동인가, 됨됨이인가. 뭐가 그레이트하다는 거지? 어떤 식으로 그레이트한지? 되풀이되는 **그레이트브리튼**이란 표현은 위상, 지위, 자부심에서 비롯되었다고 봐줄 수 있으나 자칫 거만이 될 수도 있다.

우리나라 이름을 이렇게 써먹는 게 새로운 일은 아닌지도 모른다. 하지만 요 몇 년 사이 이런 쓰임이 하나의 표제, 브랜드로 자리 잡는 지경에 이르렀다. 그레이트브리튼의 가치, 그레이트브리튼의 국민. 이러한 표현들은 영국의 전 총리 데이비드 캐머런의 큰 사회Big Society 정부의 표제 일부였으며, 우파 언론에 의해 부풀려졌다. 2015년 총선에서 캐머런이 압승을 거뒀을 때 〈텔레그래프〉에는 이런 제목의 기사가 실렸다. **선거의 또 다른 승자? 위대한 영국 국민.** (지금 생각하면 그때보다도 더 어이없게 느껴지는 제목 아닌가). 여기서 '그레이트'는 고유명사 대문자로 쓰이지도 않았다. 그러니까, 〈텔레그래프〉는 '그레이트'가 그레이트브리튼이라는 국가명의 일부인 척하지도 않는다. 그냥 그 나라를 수식하는 형용사인 거다. 대단한 영국인들. 잘난 영국인들.

나는 이게 참 이상하고 수상하다. 누가 우리더러 위대하대? 정확히 **그레이트**의 의미가 뭔데? 다시 묻는다. 무

엇이 위대한가? 영국인인 게? 〈텔레그래프〉가 유도하는
대로 투표하는 게? 언제부터 위대했지? 늘 위대했나, 아
니면 비교적 최근부터? 우리 모두가 위대하다고? 아니면
〈텔레그래프〉가 유도하는 대로 투표한 사람만 위대한가?

∞

죽음 때문에 화가 난다. 공장식 축산 때문에 화가 난다. 숫자로 축소된 예멘인 일가족, 전쟁의 무분별한 책략과 남성성을 과시하는 정치 때문에 집을 잃은 사람들을 생각하면 화가 난다. 의회에서 나를 대표하는 하원의원, 제이컵 리스-모그 때문에 화가 난다. 역사의 과오가 부주의하게 반복되는 것에 화가 난다. 도널드 트럼프를 세계 지도자로 얻은 그 주에 레너드 코헨을 잃은 것에 화가 난다. 사탄마저 움찔할 거래 아닌가. 우리 동네를 지나는 차량 운전자가 누구도 제한 속도를 지키지 않는 것에 화가 난다. 우리 동네를 지나면서 제한 속도보다 두 배로 과속하는 운전자가 없다는 사실에도 화가 난다. 브렉시트라는 대단한 국가 사기 때문에 화가 난다. 우리가 간직해온 가치들이 뜯겨나갔다. 우리나라에 대한 모욕이었다. 끔찍한 농간에 의해 우리의 자기 확신이 오만함으로, 관용이 우월 의식으로, 권력이 천박함으로, 자연스러운 불안이 전면적인 두려움으로 뒤바뀌었다. 다들 화가 난다고 말한다. 다들 발끈하고 나선다.

정말이다. 사람들은 **정말** 화를 내고 있다. 이 사람도 화를 낸다. 그리고 나는 두려움이 무언지 안다. 지난해 나는 셀 수도 없이 많은 새벽 네 시를 만났다. 새벽 네 시는 두려움으로 가득한 시간이다. 자동차 한 대가 우리 동네를 과속해 지나간다. 우리 집 앞의 과속방지턱을 오르내리는 속도가 어찌나 빠른지 침대가 흔들려 내가 잠에서 깬다. 망할 자식, 하고 나는 생각한다. 네 자식은 보나 마나 탈퇴에 투표했겠지. 모든 과속 차량이, 뒷좌석에 보물 1호, 보물 2호를 앉혀두고 트렁크에는 스패니얼 개 스펜서를 실은 채 시속 30킬로미터 구간에서 80킬로미터를 밟는, 같잖은 SUV가, 우리 동네 통행을 금지당하기를 바란다. 내가 숨 쉬어야 하는 공기를 더럽히지 못하게 금지당하기를. 탈퇴 투표자들에게 그냥 켄트주를 줘버리면 어떨까. 그렇게 구획을 지어서 먹고 떨어지라고 하자.

이런 생각이 드물게 깊은 휴식을 선사한다.

∞

아침 여섯 시:

밤은 우리 행성을 약간 닮은 또 다른 행성이다. 당연히 어둡지만, 어둠은 백 가지 모습으로 서서히 다가와 여러 불빛 주위에 쏟아진다. 블라인드 주변에 직사각형으로 가로등 윤곽이 드러난다. 오븐 위 시계가 고통스럽게 말해주는 시각이 나를 울린다. 2:26. 3:49. 4:11. 5:48. 직접 만든 날씨 예보 장치의 네온 LED 디스플레이가 주방을 초록색과 주황색으로 물들인다. (지금은 서늘하고 내일은 따뜻해질 예정이다). 대기 상태의 스테레오. 모니터에서 나오는 빨간 불빛. 배터리 충전기에서 나오는 녹색. 유리문을 통해 보이는 밤하늘. 이따금 달빛이 거실을 푸르게 물들인다. 달이 미끄러지듯 지나갈 때면 정원에 다채로운 검은색이 깔린다. 맞은편 멀리 불룩 솟은 언덕, 교통량이 뜸해지면서 잠잠해진 자동차 전조등. 경찰차 불빛 하나.

오늘 밤 달은 탐스럽고 호사롭게 노랗다. 살이 올라 아주 낮게 걸려 있는 초승달. 그 옆에 목성이 있다. 겨울 아침이 모서리에서부터 슬그머니 밝아오는 동안 나는 달을 찾아 헤맨다. 달은 반대편 하늘에, 전보다 작아지고 높아졌으나 여전히 놀라울 만큼 환하다.

테라스의 정원 테이블이 흰빛을 발산하고, 구릿빛 너도밤나무는 어둠에 익숙해진 눈에 마치 거인처럼 등장한다. 나는 풀밭과 그 둘레와 화분에 심긴 관상수를 상상할 수 있지만, 눈으로는 볼 수 없다. 정원이 어둠에 잠긴 것인가, 아니면 정원에 어둠이 갇힌 것인가? 어둠은 모습인가? 파란 코트처럼 검은 정원. 아니면 상태인가? 추운 바다처럼 어두운 정원. 아니면 양인가? 물이 가득한 유리잔처럼 어둠이 가득한 정원. 아니면 판단인가? 어려운 계산처럼 어두운 정원.

공황이 지나가고, 잠은 아주 진즉에 지나가고, 이제 나는 소파에 앉아 날이 밝는 걸 지켜본다. 잿가루가 떨어지듯 알알이 날이 밝는다. 검은 물체들이 생기 없는 회색으로 변한다. 낯익은 것들이 정원에 하나둘 모습을 드러낸다. 포장도로, 계단, 풀밭, 부서진 벤치, 전지를 마친 개암나무의 가지 더미, 만들기 시작했으나 끝내 완성 못 한 조각상들, 소원 종이가 걸린 아담한 체리나무. 회색빛이 도는 노란색 정사각형 종이, 칙칙한 붉은색 정사각형 종이.

—

사랑의 증식.

그는 이어폰을 찔러 넣는다. 귓구멍에 꽂는 작은 이어폰을 그는 좋아하지 않지만, 귀를 덮는 헤드폰을 쓰기에는 너무 나이가 많다. 아들 말로는 바보처럼 보인다나. 정말 그런지도 모른다. 그는 여전히 오래된 MP3 플레이어를 고집한다. 간편하기도 하고 하나의 목표만을 수행하니까. 전화 통화 말고도 200개 임무를 떠맡은 스마트폰과 다르다. 아들이 MP3 플레이어에 〈앱솔루트 비기너스〉를 넣어주었다. 딱 그 곡만. 그 곡이 전부다. 그래서 그는 쇼핑센터로 가는 길 내내 여섯 번 연속으로 〈앱솔루트 비기너스〉를 듣는다.

굉장한 아이러니 아닌가. 쉰두 살 먹은 첨단기술 저항자가 현금 인출기 세 대로 잭폿을 맞았다는 게.° 잭폿을 맞았다는 건 좋은 표현이다. '털었다'라는 말보다 더 결백해 보인다. 사실 그는 어떻게 그럴 수 있었는지 알지 못한다. 수 킬로미터 떨어진 컴퓨터가 어떻게 현금 인출기 속 컴퓨터를 조작했다는 건지. 생각해보면 제임스는 어릴 적부터 그가 이해할 수 없고 흥미도 없는 방식으로 아타리 게임기에 뭔가를 했고, 그렇게 프로그램을 조작해 게임에 자기가 만든 코드를 심었다. 제임스는 도대체 어디서 그런 걸 배운 걸까. 부모님은 아니었을 텐데. 하지만 제임스의 유전자 어딘가에 그런 게 있는 듯했다. 위험을 감수하는 성향이, 말하자면 모든 것을 망치려 드는 태도가.

나는 당신을 절대적으로 사랑해. 그는 그 가사를 좋아한다. 절대적으로 사랑한다는 말. 그가 마지막으로 자유를 즐긴 순간은 2002년 보위 공연을 보러 제임스와 함께 베를린에 간 일이었다. 게일은 첫애를 임신 중이었다. 그때 그는 딱 하루 다른 행성에 떨어진 기분이었다. 집에 돌아와서는 무어라 표현할 길이 없었고, 그래서 말하지 않았다. 하지만 나중에 그는 게일이 결혼식장에 입장하던 때 〈앱솔루트 비기너스〉를 입장곡으

○　현금 인출기 범죄를 흔히 'jackpotting'이라고 표현한다.

로 고르지 않은 걸 후회하게 되었다.

생각해보면, 정말 완벽한 선택이다. **우리가 함께 있는 한 나머지는 지옥에 떨어질 거야. 나는 당신을 절대적으로 사랑해. 하지만 우리는 절대적인 초심자야.** 완벽하다. 이 노래를 듣기 위해 그녀와 다시 결혼해야 하는 건 아닌지. 반지를 찾지 못한다면 이혼당할 확률이 더 높겠지만. 아니, 이혼보다 더 나쁜 일이 벌어질 것이다. 침묵과 실망, 그녀를 실망시킨 죄로 그는 조금씩 숨 막히게 죽어갈 것이다.

그는 반지를 찾지 못할 것이다. 반지를 찾겠다고 쇼핑센터로 돌아가는 게 맞는지도 잘 모르겠다. 닷새가 지나도록 그 반지가 현금 인출기 근처에 그대로 있을 리 없는데. 쇼핑센터 입구에 들어서는 순간 그는 이미 실수를 직감한다. 현금 인출기에는 경찰 테이프가 둘러져 있다. 표지판도 세워져 있는데 너무 멀리 있어서 읽을 수는 없으나 틀림없이 목격자 제보를 요청하는 내용일 것이다. 그 광경을 본 순간 그는 또 구토가 나올 것 같다.

그냥 아내한테 반지를 잃어버렸다고 털어놓자고, 그는 생각한다. 뭐 어때?

등신아, 돌아가. 집으로 가라고.

＊

그녀가 그의 귓가 너머를 오랫동안 바라본다. 아주 오 랫동안. 지금 그가 유일하게 자각하는 몸은 꼴사납게 벌거벗은 것처럼 느껴지는 약지뿐이다. 지난여름 도 싯 해변에서 보았던 그 남자처럼 벌거벗은. 그때 게일 은 차마 그쪽을 보지도 못하고 앞만 보고 앉아 이따금 작은 돌을 발치로 던졌다. "왜 저러고 돌아다닌대?" 그녀는 말했다. 정말 그랬다. 그 남자는, 계속 돌아다 녔다. 그렇게 발가벗고 느긋하게 해변을 활보하는 남 자를 보는 건 이상한 일이다. 아무리 그러지 않으려 고 해도 남자 다리 사이에 있는 그것만 보인다. 아무 리 다른 데를 쳐다보려고 해도 결국 거기에 눈이 간 다. 이상하지. 누가 신경이나 쓴다고? 그냥 늙은 남자 의 성기일 뿐인데. 그런데도 온통 시선을 빼앗았다. "당신이 꼭 찾았으면 좋겠어." 게일이 말한다. "우리 결혼반지." 순간 그녀 시선이 자기 손으로 내려가지만 금세 올라와 다시 그의 귓가 너머를 향한다. 눈물이 그 렁그렁하다. "아무튼" 하고 어깨를 으쓱한다. 그게 꼭 **그렇게 계속 나를 실망시켜 봐** 하고 말하는 듯하다. 그런

215

뒤 게일은 몸을 돌려 침대에서 일어나 방을 나간다.

사실 반지가 늘 너무 작았다고, 그는 변명했다. 그래서 더울 때 뺄 수밖에 없었다고. 손가락이 부어서 반지 때문에 피가 안 통할까 봐 무서웠다고. 그녀를 사랑하지 않아서가 아니라, 그냥 반지가 너무 작아서인데. 그때였다. 그녀가 그의 귓가 너머로 눈을 돌린 게. "그것 참 미안하네. 다음번에 자기한테 돈을 쓸 때는 좀 더 생각을 할게."

그 순간 그는 그녀를 실망시켰다. 반지를 잃어버려서가 아니었다. 그 사실은 그녀도 그럭저럭 받아들였다. 하지만 그가 그녀를 탓하는 것처럼 보인 게 문제였다. 그는 침대에 누운 채 아내가 아래층으로 내려가 TV를 켜는 소리를 듣는다. 열한 시가 넘은 시각. 그는 따라 내려가 일을 수습하려다가 불쑥 거실 보관장에 있는 나뭇가지 모양 촛대를 떠올린다. 진열된 것도 아니고, 그냥 쓰지 않는 식탁 매트와 창고로 가져가지 않은 벽지용 풀 뒤쪽에 처박혀 있었다. 그는 게일이 그 촛대를 좋아할 줄 알았다. 그의 엄마 물건이었다는 소리에 게일은 감동한 척 애를 썼으나 사실 역겹다는 듯 곧바로 보관장 구석에 집어넣었다.

나는 당신을 절대적으로 사랑해.

완벽한 말. 나는 당신을 절대적으로 사랑해. 그는 웅웅 반쯤만 들리는 TV 소리에 잠시 귀를 기울인다. 혹시 뉴스에 *그가* **잭폿을 맞은** 소식이 나올지도 모른다. **경찰은 지난 토요일 체커즈 아케이드에서 발생한 현금 인출기 강도 사건과 관련해 증거를 입수했다고 밝혔습니다.**

하지만 들리는 건 재잘대는 시트콤 소리뿐인 듯하다.

＊

사랑의 증식. 서약과 신뢰와 결혼반지, 아이들을 돌본 긴 밤들, 헌신한 세월, 최선의 노력. 수년간 멀, 레니와 함께 감시카메라 화면만 보았던 시간들. 네 개로 분할된 화면에는 동시에 네 개의 무료함이 재생되었다. **남편은 보안 일을 해요.** 게일은 이렇게 말하고 다닌다고 한다. 재미없고 아리송한 말이어서 사람들은 더 이상 묻지 않는다.

제임스는 애정 섞인 눈빛으로 그를 뜯어본다. "어디 다녀왔어?"

"아무 데도."

"아무 데도라니." 제임스가 웃는다. "사람들은 늘 그러더라."

"무슨 소리야?"

"어디 다녀왔냐고 묻거나 무슨 생각 중이냐고 물으면 대답은 아무 데도 향하지 않아. 아무것도 아니래. 내 생각에는 그게 문제야. 생각으로 무엇이든 할 수 있는데도 우리는 아무 데도 가지 않고 아무것도 하지 않아."

그는 대뜸 이렇게 대답하고 싶다. "사실 아무 데도 안 간 게 아니야. 어딘가에 다녀왔어. 탈출을 생각 중이었어." 하지만 제임스가 실토를 유도하려고 자신을 낚는지도 몰랐다. 그리고 탈출이라는 단어가 마음에 걸린다. 그는 정말 그걸 생각 중이었던가?

"나 한 건 또 하고 싶어." 제임스가 말한다. 스콘이 있는 쪽으로 잼 숟가락을 던지는 것으로써 제임스는 자기 의지를 표명한다. "이번에는 우리 둘만. 다섯이 갈라서 먹는 건 별 가치 없지만 반반은 다르지."

바로 이거다. 지금 그의 눈앞에서 제임스가 스콘을 먹는 이 모습. 바보 등신 같은 스콘을. 제임스는 그 스콘이 바보 등신인 것처럼, 동시에 인류가 먹을 수 있는 최상의 음식인 것처럼 먹는다. 세상 모든 게 쓸모없지만 그가 해치우거나 건드리거나 먹어치우면 더 이상

쓸모없지 않다는 듯이.

"아니." 그는 며칠 전 밀처럼 대답한다. "그럴 일 없어."

제임스는 계속 먹기만 한다. 그래서 그는 다시 말한다. "그럴 일 없다고."

실내는 붐비고 시끄럽다. 난잡한 공간 한쪽 바에서는 9파운드짜리 벨기에 라거를 마시며 떠드는 사람들이 있고, 그 옆에서는 그와 제임스 같은 사람들이 일부러 낡게 만든 거울 옆에 고급스러운 의자와 하얀 테이블보가 깔린 테이블에 자리를 잡고 애프터눈 티를 마시고 있다. 오후 차는 한 명당 35파운드다. 그는 이곳에 들어와 앉아 있는 제임스를 향해 소리 내어 웃으며 다가갔다. 제임스는 언제나처럼 활짝 웃으며, 또 언제나처럼 그를 다정히 껴안았다.

"아예 기술자 옷까지 장만했어." 제임스가 말한다. "그러니까 이제 그만큼 돈을 벌어야겠어."

"이미 번 거 아니야?"

"왜 그래. 잘 생각해봐. 형은 그냥 가만히 서서 현금 인출기가 돈을 다 내어주기를 기다리기만 하면 돼. 그게 다야. 나머지는 내가 맡아. 그리고 공평하게 반반씩 나누자.”

“나는 못 해.” 그가 말한다. “내가 어떻게 그래? 가족도 있는데.”

그러자 제임스가 정성껏 차를 따른다. 사방으로 물이 튀게 아주 높은 데서부터.

남편은 보안 일을 해요. 그는 이 말이 싫다. 게일이 그런 말을 하고 다니지 않으면 좋겠는데. 보안국 같은 데가 아니라고, 그는 게일에게도 말했다. 밤에 사무실 건물을 감시하는 거야. 가끔은 주차장도 감시해. 멀과 메리는 예전부터 그 일을 가지고 우스갯소리를 했다. 메리는 멀이 불안 일을 한다고 말한다. 그런 경비 일은 몇 년씩 유지되는 일이 없는 듯하고, 예산이 삭감되기라도 하면 가장 먼저 잘리거나 외주에 맡겨지는 게 경비원들이니까. 어쨌거나 화면은 어디서든 볼 수 있으니 말이다. 그러나 게일은 유머 감각이란 게 없다. 적어도 그런 문제에 관해서는. 그녀는 그런 걸로 농담할 수 있다고 생각하는 부류가 아니다.

제임스는 뒤로 기대어 앉아 말이 없다. 그는 얼굴이 참 잘생겼다. 제임스 말이다. 살짝 까무잡잡한 피부에 친근하면서 정직하고 선량해 보이는 인상. 눈에는 가

짜일 리 없고 세월이 흐른다고 지워지지 않을, 정말로 착한 눈빛이 서려 있다.

제임스는 엄마를 닮았다. 그래서 제임스를 보면 엄마를 보는 것 같다. 동시에 엄마의 빈자리를 보는 것 같다. 빈자리를 볼 수 있다면 말이다. 엄마가 떠난 후로 제임스를 돌보는 건 그의 몫이었다. 제임스는 그보다 여덟 살이나 어렸다. 그래서 제임스는—제임스를 향한 그의 이상한 헌신과 그를 향한 제임스의 헌신은—떠나간 엄마와 같아졌다. 엄마가 외조부모에게 물려받은 은제 나뭇가지 촛대와 고블릿 잔들과도 같다. 엄마는 아빠한테 맞을 때마다 그것들을 닦았다. 엄마가 맞고 사는 것에 질려 집을 떠난 것은 제임스가 물려받은 엄마 기질의 증거였다. 그는 그걸 물려받지 않았다. 제임스는 갈등을 회피한다. 애초에 그런 것에 얽히지 않는다.

"우리가 한 짓이 찔리지도 않냐?" 그가 묻는다.

제임스는 망설임 없이, 그러나 충분히 생각한 대답을 한다. 마치 이미 머릿속으로 생각해 결론을 내렸다는 듯이. "아니. 전혀. 우리는 은행을 턴 거야. 은행을. 은행은 매일 우리를 털어가잖아. 뭔가 일이 터지면 납세

자인 우리가 은행의 어리석음에 대가를 치르고, 은행
은 털끝 하나 안 다치고 빠져나가잖아. 이번 일로 작
은 타격은 입었을 거야. 미미하지만 의미가 있지."

"나는 아직도 우리가 그런 일을 했다는 게 안 믿겨. **내
가** 그랬다는 게."

"또 하자." 제임스가 말한다.

그가 아니라 그의 귓가 너머를 보던 게일이 떠오른다.
지금 제임스는 그의 눈을 똑바로 보고 있다. 제임스는
늘 그런다. 자신이 뭘 했든 하지 않았든, 언제나 그의
눈을 똑바로 본다.

1만 5천 파운드, 2만 파운드를 더 벌어서 뭘 하지? 게
일과 아이들에게 여태껏 갖지 못한 물건, 또는 눈에
띄지 않으면서 마음에 들 만한 물건으로 뭘 사줘야 하
지? 소비가 과해지면 수상하게 보일 텐데. 게다가 그
렇게 흥청망청 살 인생이 많이 남아 있지도 않을 것이
다. 그는 산업단지에 창고를 하나 빌려 거기에 상당한
재산을 남기고 죽을 것이다. 누구도 그 사실을 알지
못할 테니 아마 그 돈은 창고 임대 회사의 몫이 될 것
이다. 제임스에게 맡길 수도 있지만, 제임스에게는 그
돈이 필요하지 않다. 아니면 돈을 갖고 달아나는 거다.

그러지 않겠지만 그럴 수는 있다. 사실은 그게 그가 할 수 있는 **유일한** 행동이다.

사랑의 증식. 사랑은 때때로 노예 상태처럼 보인다. 요즘은 더욱 그렇게 보인다. 그는 자신이 얼마만큼의 돈을 얻었는지 생각하는 게 싫다. 그런데 가끔 생각이 난다. 현금 인출기와 자신이 감수한 멍청하고 어마어마한 위험에 관한 생각. 그 위험은 자신을 위해 감수한 것이 아니었다.

그러다 그는 불쑥 생각한다. 웬 언덕을. 산은 아니고 야트막한 언덕과 천둥 번개 그리고 머리를 휘날리며 베를린 공연 무대에 선 데이비드 보위를. 〈르네상스 페라라의 여성들〉과 북소리와 현금 인출기에서 쏟아져나오는 20달러 지폐들, 거실 창가에 있는 엄마, 동생 제임스의 진심 어린 미소. 지금 그의 앞에 제임스가 있다. 그를 보고 있으면 속에서 뭔가가 울컥한다. 바람이 불어 여러 겹의 문을 열어젖힌다. 딱 그런 느낌이 든다. 모든 문이 열어젖혀졌다.

그는 입을 열고 입 밖으로 나올 말이 그래, 이리라는 것을 어렴풋이 느낀다. 그래, 할게, 그는 그렇게 말할 것이다. 그런데 그때 그의 시선이 제임스가 바라보는 곳을 따라간다. 제임스는 바에서 직원과 이야기를 나누는 경찰관 둘을 보고 있다. 경찰관들이 몸을 돌려 가게 안을 훑기 시작한다. 속에서 무언가 계속 울컥, 울컥 치민다. 한때 결혼반지가 있던 곳의 살점이 느껴지고, 그의 안에서 활짝 열렸던 문들이 꿈쩍하질 않고, 무언가는 계속 울컥, 울컥 치민다.

—

아침 일곱 시 반:

어제 벗어둔 옷더미가 바닥에 있다. 그것들을 집어 올린다. 또는, 잠이 온다는 미신을 믿고 대충 접어 옷장에 쑤셔 넣었던 옷가지를 도로 꺼내어 침대 위에 둔다.

나는 전날 밤 치울 때와 정확히 역순으로 옷가지를 내려놓는다. 브라, 티셔츠, 청바지, 외투. 매번 그렇지만 이 과정은 견디기 힘들다. 밤새 한숨도 못 자고 아침이 되어 옷을 갈아입는 게 말이다. 잠이란 게 자신에게 여전히 유효한 것인 양 밤에 잠들기 의식을 시작하기 전 벗어두었던 바로 그 옷. 옷더미는 노골적인 면박이다. 나는 그것들이 잃어버린 순결을 조롱한다고 말하고 싶다. 말이 되지 않는다는 것을 알지만, 나는 자꾸만 무의식적으로 순결과

잠을 결부 짓는다.

　낯선 연상관계는 아닌 듯하다. 내가 소설 도입부에 쓴 문장에도 들었다. **나는 천사의 잠을 자고 있다.** 어릴 적부터 우리는 이러한 연상관계에 익숙하다. 잠자는 갓난아기는 양심의 가책이나 세상의 무게에 시달리지 않는다. 동화에는 독약과 주문의 쩨쩨한 마법에 걸려 백 년 동안 잠들어 깨어나지 않거나 움직이지 않는 인물이 등장한다. 셰익스피어의 《로미오와 줄리엣》에도 "근심이 머무는 곳에 잠은 절대 눕지 않는다"라는 대목으로 등장하며, 《맥베스》에는 "순결한 잠, 근심으로 엉킨 실타래를 풀어내는 잠"이라는 말이 나온다. 셰익스피어는 잠을 가리켜 "상처받은 마음에 바르는 약"이라고 했다. "인생의 향연 중 최고의 자양분"이라고. 그리고 죽음은 궁극적인 항복이자 영원한 안식, 꿈 없는 잠, 화해, 너그러운 소멸, 무엇이든 다 놓아주는 것. 어떠한 인생이었든지, 결국은 이 마지막 축복이 도래한다.

　잠. 잠. 돈과 같이 극히 모자라야 생각하게 되는 것. 그때부터는 계속해서 그것을 생각한다. 부족해질수록 더 많이 생각한다. 세상을 보는 프리즘이 되고, 그와 무관한 것은 아무것도 존재하지 않는다.

전날과 똑같은 옷을 입고 밖으로 나가 과로한 심장을 안고 솔즈버리 힐을 배회한다. 아침은 흐리지만 우울하지는 않다. 1월의 빛은 12월과 다르다. 그 청명함과 광활함에는 벌써 봄으로 가는 시작이 묻어난다. 눈송이는 작은 저항의 행위다. 충충나무가 와인처럼 붉다. 야생 자두나무 가지가 생울타리를 연푸르게 물들인다. 아름답고 놀라운 푸르름. 물과 하늘에 더 어울리는 색깔. 그 밖에 다른 자연에서 파란색은 그리 흔히 볼 수 있는 게 아니다. 개암나무에 무리 지어 달린 황토색 꽃차례는 마치 타자기로 쓰인 글자처럼 수직으로 빼곡히 매달려 있다. 저기 이름 모를 나무의 가지들은 내부에서 자체적으로 햇빛을 발하는 듯 빛나는 이끼로 덮여 있다. 개 한 마리가 내 스카프를 잡아당긴다. 반대편 언덕 뒤에서 태양이 막 떠올라 잿빛 하늘에 쑥 끼어들고, 언덕 꼭대기를 순간적으로 물들인 주황빛은 이내 사라진다. 나는 울고 있다.

인생을 어떻게 이해해야 하는 거야? 세상에 고통이 너무 많다. 내 고통은 거대한 태피스트리 속 작은 바늘땀 하나 정도다. 수많은 사람이 나보다 훨씬 더 큰 고통을 겪고 있다. 무너졌다고 느끼는데도 우리 안에서 자꾸만 일어나는 이 감정은 무엇일까? 무엇이 한 발을 더 내디디게

하고, 야생 자두나무 가지의 희미한 푸른색 얼룩을 바라보게 하고, 이름조차 없는 진실을 떠올리게 하는가? 대체 뭐지? 나는 아닌데. 아침마다 언덕을 오르게 하는 건 내가 아니다. 그건 억누를 수 없는 인생, 삶, 내 머리와 몸과 마음과 상관없이 작동하는 힘이다. 그게 무엇인지 나는 알지 못한다.

삼각점 바위에 걸터앉아 시내 전경을 바라본다. 나는 저 도시 구석구석을 알고 걸어보았다. 지금 내 안에서 세상을 향해 튀어나가려 하는 이것은 무엇인가? 저 아래 나뭇가지에도 우리 집 마당에 있는 나무처럼 소원 종이가 걸려 있다. 감히 언덕 아래 집으로 돌아가 글을 쓰고 싶게 만드는, 자연에 파란색이 극히 드문 이유를 알아내고 싶게 만드는 이것은 무엇인가? 근육이 몸을 움직이고 계속 나아가게 하도록 시냅스를 자극하는 이것은 무엇인가? 계속 행복할 것을 주장하는 이것은 무엇인가? 패배를 한사코 거부하는 이것은 대체 무엇인가?

∞

불면증 치료법:

강이나 호수, 바다, 그 밖에 탁 트인 물가로 간다. 물이 시원한 야외 수영장도 괜찮다. 상쾌한 공기가 핵심이다. 무조건 물에 들어간다. 복장은 상관없다. 주변에 아무도 없거나 주변을 신경 쓰지 않을 수 있다면 옷을 벗고 들어가도 좋다. 물에 들어간다. 점프나 다이빙이면 제일 좋지만, 방법은 아무래도 좋다. 물에 들어가 머리가 완전히 흠뻑 잠기게만 하면 된다.

계속 헤엄친다. 파도나 물살이 있다면 그걸 거스르며 헤엄친다. 물이 당신의 몸과 생각을 완전히 압도할 때까지. 마음이 생각에 너무 몰두한 나머지 이 세상에 생각 없이 존재하는 것들이 있음을 망각하는 것이 문제이기 때문이다. 되도록 자주, 생각 없는 물에 잠기도록 한다. 에이번강, 프롬강, 와이강, 타른강, 로트강, 아베롱강이라면, 시간을 내어 생각 없는 주변 풍경을 둘러보라. 강둑, 풀밭, 버드나무, 바위, 석회석 협곡, 강변 모래밭, 화강암 노두, 침엽수 비탈. 이것이 현재의 세상이며 그 밖에 나머지는 배제한다. 다른 곳, 다른 것의 생각이 떠오른다면 고개를 처박고 물에 잠긴다.

물에 몸을 맡기고 계속 헤엄친다. 파도나 물살이 있다면 그것이 가는 대로 몸을 맡긴다. 물이 위로, 바깥으로 향하는 힘으로써 자기 존재를 주장할 때까지. 왜냐면 아래로, 안으로 향하는 생각 많은 마음의 본성이 슬픔과 광기로의 회귀와 반복을 일으키기 때문이다. 영국이나 프랑스 강가에서, 작은 윌트셔 호수에서, 이 거대한 대서양에서, 탁 트인 주위를 둘러보며 존재하는 것보다 더 큰 공간이 있음을 보고, 공간이 그 안에 존재하는 무엇에도 저항하거나 반대하지 않음을, 빛이 어디에 비쳐야 하고 비쳐야 하지 않는지 재단하지 않음을 깨닫는다. 빛은 비치고 공간은 펼쳐진다. 지나치게 사소하거나 안으로 굽는 생각이 떠오른다면 고개를 처박고 물에 잠긴다.

이 원칙은 호수나 수영장에도 적용된다. 평영이나 크

롤 영법으로 발을 차고 팔을 뻗을 때 손으로 물을 밀어내는 힘을 느끼고, 파도나 물살이 없어도 물이 당신에게 맞서 뒤로 얽혀 흐른다는 것을 기억한다. 미세한 끌어당김을 느낀다. 전진할 때 당신 손을 앞질러 돌진하는 물을 인지한다. 미세한 떠밀림을 느낀다. 잠잠한 물속에서처럼 때로는 우리가 우리에게 닥치는 물살과 파도의 원인이자 영향을 미치는 존재임을 깨닫는 데 지혜가 있다.

호수에서 흙을 품은 물의 부드러움을 느끼고, 수영장에서 표백된 물의 청량함을 느낀다. 호수에서 팔을 저으려고 할 때 손이 유령처럼 나타났다가 뒤로 빠지면 사라지는 것을 보고, 수영장에서는 손이 햇빛 아래 다이아몬드 방울의 흔적을 남기며 새하얗게 반짝이는 것을 본다. 과거와 현재에 닻을 내리지만 그곳에 고정되지 않을, 생각 많은 마음을 향해 이렇게 말한다. 변함없는 건 없어. 당신이 날마다 보는 손도 똑같은 손이 아니야.

이것이 불면증 치료법이다. 변함없는 건 없다는 것. 모두 지나간다. 이 역시 그러하다. 언젠가 끝이 나면 이것도 설 곳을 잃고 사라질 것이다. 그러면 당신은 잠 못 들던 때가 있었다는 사실도 잊고 밤마다 잠에 빠져들 것이다.

∞

거대한 파도의 꿈. 해변에 엄마와 서 있는데 파도가 다가온다. 알고 보니 집 두 채를 쌓아 올린 것만큼 높다. 우리는 서로를 껴안는다. 나는 입을 벌리지만 아무 소리도 나오지 않는다.

파도가 우리 머리 위를 감싸자 안쪽이 금속 패널로 변해 이제 우리는 물의 무게에 삐걱대는 거대한 돔 속에 영락없이 들어와 있다. 마치 잠수함 같다. 우리 위로 거대한 파도 기둥이 지나간다. 다 지나가면 우리는 물기 없이 탁 트인 반대편 공간으로 걸어나간다.

형태 없는 불안

초판 1쇄 발행 2026년 4월 10일

지은이　서맨사 하비
옮긴이　송예슬
펴낸이　이영선
책임편집　김선정

편집　이일규 김선정 김문정 김종훈 이현정 조유진
디자인　김회량 위수연
독자본부　김일신 손미경 정혜영 김연수 김민수 박정래 김인환

펴낸곳 서해문집 | 출판등록 1989년 3월 16일(제406-2005-000047호)
주소 경기도 파주시 광인사길 217(파주출판도시)
전화 (031)955-7470 | 팩스 (031)955-7469
홈페이지 www.booksea.co.kr | 이메일 shmj21@hanmail.net

ISBN　979-11-94413-94-3　03840

밤 열두 시. 침대에 눕는다. 머리를 베개에 눕힌다. 침대 밖으로 나와 미신에 매달리는 마음으로 바닥에 흩어진 옷가지를 둘둘 말아 한쪽으로 치운다. 불면의 밤을 무찌르려고 무수히 수행하는 사소한 루틴 중 하나다. … 잠드는 일은 자연스러운 행위에서 이탈해 주술의 영역으로 들어간 지 오래다. 10쪽

새벽 세 시. 길게 이어지는 화물열차가 밤을 낚아챈다. 무언가가 찢겼고(동이 튼다morning has broken는 표현은 얼마나 적확한지), 다시 밤이 되기 전까지는 봉합되지 않을 것이다. … 잠들지 못해 그걸 감지할 수 있는 사람들에게 밤은 기껏해야 한 시간 남짓이다. 새벽 두 시부터 세 시 사이는 하루가 저물고 다음 날이 깨어나기까지 짧은 휴지기다. 79쪽